蜂蜜彼氏

和泉　桂

幻冬舎ルチル文庫

CONTENTS ✦目次✦

蜂蜜彼氏

✦カバーデザイン＝高津深春（CoCo.Design）
✦ブックデザイン＝まるか工房

イラスト・街子マドカ✦

蜂蜜彼氏

——だって、直《すなお》くんって本ばっかり読んでるんだもん。

小学校一年生のときの話だ。

あの子と仲良くしてあげて、という担任の先生のお願いは、クラスメイトのそんな言葉であえなく失敗に終わった。

三度の飯より本が好きで、何が悪い。

もちろん、今も昔も、そんなことは当然口に出せないけれど。

「お帰りなさいませ、旦那様」

ドアが開く音がすると同時に、アンティーク調の飴色《あめいろ》に光るカウンター脇に背筋を伸ばして待ち受けていた叶沢《かなざわ》直はなるべく優雅さを失わないように心がけつつ呼びかけてみたが、声の震えは隠せない。

入り口のレジのところに置かれた一輪挿しには、桜が一枝、生けられている。

アルバイト一日目にぴったりの、ういういしい花だ。

春はいつだって、何かが始まる季節だ。直もたいていうきうきしながら春を迎えるけれど、結局何も変わらないのだと、五月くらいには失望するのが常だった。

店内に足を踏み入れた青年はそんな直を見やり、「ただいま」と優しく微笑《ほほえ》む。

綺麗な人だなあ、というのが第一印象だった。

すらっとした体軀《たいく》で身長は一七〇センチ後半。一八〇あるかどうかは本棚と比較すれば何となくわかる。でも、しなやかで引き締まった体型と伸びた背筋のせいで、よけいに背が高く見えた。

印象的なのは優しそうなやや垂れ下がった眦《まなじり》と、それから優雅な笑みを湛《たた》えている唇だ。あとはすっと尖《とが》った鼻筋。薄いぺたんとした耳。

髪は緩やかな癖があり、触ると気持ちがよさそうな焦げ茶色だった。

十人が十人振り返るほど突出していないが、十人中七人は思わず目を止めるような、そんな雰囲気のある美形だった。

「本日は、読書スペースと談話スペース、どちらを利用なさいますか？」

ライブラリーカフェ『アンジェリカ』。

それがこのカフェの名前で、コンセプトはカフェを併設した私設図書館だ。壁面の書棚いっぱいに並べられた本の閲覧は自由、会員には貸し出しも行っている。同じ名前のイタリアの古い図書館をイメージしているため、店内の家具はアンティーク調か、もしくは骨董品《こっとうひん》そのものだ。

「読書で」

「かしこまりました」

ここまでの口上は、ちゃんと言えた。

名札の上に更に研修生のバッジをつけた直の心臓は、さっきからばくばくと震えている。

しばらくキッチンを手伝っていたが、こうしてフロアに出るのは今日が初めてだ。

アルバイトの直は白いスタンドカラーのシャツに、黒いパンツ。エプロンも黒いギャルソンエプロンという出で立ちで、社員——司書の資格を持っているのが条件——は礼服をアレンジしたデザインのスーツという制服だった。

大好きな本に囲まれてのアルバイトだからこそ、よけいに緊張していた。

「こちらへどうぞ」

「うん」

入り口からほんの数メートルの座席に案内するだけだ。そう思っていたのに、極度の緊張から直の足は突然縺《もつ》れた。

「うわっ！」

前のめりになった直後に、二の腕をぐっと掴《つか》まれた。転ばずに済んだ直は相手の胸に抱き寄せられる。

「！」

どきんとした。

「大丈夫？」

低すぎず高すぎず、ほどよい音域のやわらかな声。

まるで懐かしいレコードを聴いているみたいに、ほわんとしている。

「す、すみません、僕……」

「まだ新人なんだよね。誰だって初めてはあるから、怖がらないで」

「………」

だけど、失態を見せてしまったのは事実だ。

フリーズしたままの直の耳許《みみもと》に、彼の吐息が微《かす》かに触れる。

「僕は本が好きで、ここに来たんだ。君は本は好き？」

それは直を馬鹿にするようなものではなく、相手を包み込むような、こんな失敗はたいしたことじゃないんだよ、と言いたげな優しい甘い声だった。

「はい」

「だったら、大丈夫。上手《うま》くやれるよ」

ぽんぽんと二度、肩を叩かれる。

それだけで、軟着陸する飛行機のようにすっと気持ちが落ち着いてきた。

「そうだろう？」

振り返った直は、「はい」とはにかんだ笑顔を浮かべ、上目遣いに相手を見やる。

ぎょっとしたのは、近かったせい。

おそろしく近い距離で見つめた相手はとても穏やかで、華やかで見栄えのする顔立ちをしていた。

心臓が破裂しそうなくらいに近くで目が合い、手が震えそうになる。

ホットケーキ。違う、カステラだ。

焦げ茶色の髪の毛からなぜかカステラを思い出し、そのうえお腹《なか》まで鳴る。

「どうしたの？」

「カステラ……」

「え？」

青年が怪訝《けげん》そうな顔になったので、直は必死で続けた。

「カステラ、どこのお店が好きですか？」

「三時のおやつは文明堂《ぶんめいどう》、かな」

ちょっと戸惑った様子ではあったものの、相手はさらりと答えてくれる。

「君は？」

「ぼ、僕は、蜂蜜カステラです。よくカステラを買うお店の商品で」

「それは通の意見だね」

こういう場合は店の名前を言うべきだった。だけど、頭が真っ白になって思い出せない。

あんなに何度も買ったのに、どうして。

一瞬の間ができそうになり、直は何とか話を繋《つな》げなくてはと懸命に試みる。

「あ、あの……蜂蜜の甘みってカステラにすごくよく合って、大好きです」

「ふうん。蜂蜜……美味《おい》しそうだね」

青年は直の狼狽《ろうばい》ぶりを笑うこともなく、穏やかに相槌《あいづち》を打った。

「はい！」

直がほっとしてぎゅっと拳《こぶし》を握ると、相手は薄い唇を綻《ほころ》ばせて笑顔を作る。グラビアか何かになってもおかしくないくらいの、極上の微笑だった。

「それで、席はどこに？」

「あっ、す、すみませんっ！」

彼はカステラの話を続けたかったわけではなく、席に案内されるのを待っていたのだ。そのための間なのに、ついうっかりカステラの話なんてしてしまった。

「こちらへどうぞ」

慌てて直は、七番テーブルに彼を案内する。

床を踏む彼の足音は落ち着いているようで、直の心も少しだけクールダウンしてくれる。

「ありがとう」

怯《ひる》むことなく答えてくれた彼の綺麗な色合いの瞳に、自分が映っているのだろうか。

そう思った瞬間、かあっと頬《ほお》が火照《ほて》ってくる。

まるで燃えるような熱さに、自分が溶けてしまうかもしれないという不安と、甘い昂揚《こうよう》が直を包み込んだ。

1

八月。暦の上ではとっくに終わったはずの夏は、気候的にはまだ続いており、陽射《ひざ》しはあくまで過酷そのもの。

おかげで秋葉原の雑居ビルの一階に位置するライブラリーカフェ『アンジェリカ』では、夏季限定の水出しアイスコーヒーが、二か月連続で注文数ナンバーワンだった。

こんな日は読書をしたいと思う人も少ないのだろうか。

そんなことを思っていた矢先にドアが開く音がし、叶沢直は慌てて顔を上げる。

彼の姿を認めた途端、頬が熱くなってきた。

カステラの君。あるいは蜂蜜の君、か。

名前すら知らない彼——アンジェリカのスタッフのあいだでのニックネームは『王子様』——は、直にとっては初めて接客したお客様第一号になる。

「お、お帰りなさいませ、旦那様」

この秋葉原にあるメイドカフェでは珍しくない挨拶《あいさつ》だったが、相手が彼なら特別な気持ちが籠《こ》もりそうになってしまう。

「ただいま」

「今日は読書と談話、どちらになさいますか？」

「読書で」

「でしたら、いつものお席にご案内します」

「ありがとう」

どきどきしながら、直は彼を窓際の席に導く。

けれどもこれは、初対面のときとは違う種類の緊張感だった。

彼のお気に入りの席は、窓際だが陽当たりがよすぎない七番テーブルだ。それを知っている直は、彼が来そうな時間帯はなるべくそこを空《あ》けておくようにしていた。

それに、彼を窓際に案内するのは理に適《かな》っている。アンニュイな横顔が女性には人気があり、彼に釣られて入ってきた客も一人や二人ではないはずだ。

「今日はアイスコーヒーお願いします」

普段は彼の好みはブレンドなのだが、こうも残暑が厳しいと冷たいものが欲しくなるだろう。メニューを見ないでそう告げる。

「はい」

四か月ほど前、バイトを始めたばかりの直が初めて見た時は、カステラの君だと思った。

そうしたら、ほかのスタッフも彼は王子様だという印象を抱《いだ》いており、それで一気にニックネームは『王子様』になったのだ。本当はお客様にニックネームをつけるのはよくないことだろうが、親しみと尊敬を込めての呼び名なので、そのあたりは見逃してほしかった。

「七番にアイスコーヒーお願いします」

「了解」

店の奥にあるカウンターでオーダーを通し、直はさりげなく店内を見回す。

アンジェリカの壁面は一面が木製の大きな書棚になっている。上部にいくにつれて緩やかに幅が狭くなる書棚は天井や仕切り板に装飾がなされ、アンティークでまとめた店内にぴったりだ。

ここは紳士淑女のための私設図書館で、彼らに仕える執事とメイドという設定だった。そのためお客様のことも「旦那様」「お嬢様」と呼ぶのがならわしで、出迎えは「お帰りなさいませ」で送り出す時は「行ってらっしゃいませ」だ。また、アルバイトではない男性従業員は執事風、女性従業員はゴシックな印象のレースが多めのメイド服を着用していた。

フロアには二人がけのテーブルが四つに四人がけのテーブルが三つ、それから背の高い本棚で仕切られて個室のようになった談話スペースに六人がけのテーブルが二つ。

秋葉原にあるこういう個性的なカフェの中でも、狭い部類に入るだろう。それでもあちこちに上手く本棚を配置し、蔵書冊数は千冊をくだらない。

今日はいつも以上に空《す》いており、スタッフたちも暇を持て余し気味だ。

アイスコーヒーはすぐに用意できたので、直はそそくさと七番テーブルに近寄った。

「お待たせしました」

氷もコーヒーで作っているので、溶けだしても薄くなったりしないのが売りだった。

アンジェリカのシステムは、少々変わっている。

席のチャージ料金が一名につき三十分ごとに五百円。三十分ごとであれば、飲み物は基本的に無料となる。店内は全面禁煙で、静かに読書を楽しみたい人向けの読書スペースと、会話を楽しむための談話スペースを設けてあった。とはいえ本棚でざっくり仕切っているだけなので、正確には話し声は多少聞こえてしまうが、よほど羽目を外して盛り上がらない限りはそれで苦情が出たことはなかった。

「大丈夫、そんなに待っていないから」

にこやかに笑った『王子様』が本日手にしている文庫本のタイトルは、『重力と恩寵』。フランスの女性哲学者シモーヌ・ヴェイユの言葉を綴《つづ》った、名言集のようなものだ。大学の先輩に「さりげなく引用すると知性派に見える」と教わり、直も手を出したことがあるのだが、大半が難解でそんな下心だけでは読み通せなかった代物だった。確かに印象的な文章もあって、諳《そら》んじられるものもあった。

たとえば、『時間は、永遠を映すものである。だが、また、永遠の代用品である』とか。

意味はあまりよくわからないのだが、記憶に残る散文が多かった。

「今日は哲学書ですね」

「うん、だけど、やっぱり小説にしようかな。何かお勧めはある？」

「お勧め、ですか？」

どきっとして心臓が強く震える。

「そう。こういう日にぴったりの」

「い、い、今、お持ちします！」

水滴がついていることも忘れて、銀色のトレイを右手で抱き締めてしまう。直は上擦《うわず》った声を発してから、慌てて口を押さえた。

「今、お持ちしますので少々お待ちください！」

「ありがとう」

書棚の前に佇《たたず》んだ直は、そこでしばし躊躇《ためら》った。

このカフェの売りは社員が司書の資格を持ち、お客様の要求に応える本を教えられること。司書の資格を持つスタッフはきちんと胸に本を象《かたど》るこの店オリジナルのピンバッジをつけているので、常連はそういう相手に話を聞くことが多い。

といっても司書の資格を持っているから本のすべてに精通しているわけでもないし、その逆もまた然《しか》り。

アルバイトでも本が好きなことには変わりないので、リコメンド自体はしても構わないことになっている。

そんなわけで、気分を引き締めて取りかからなくてはならなかった。

観察している限り、『王子様』の読む本は評論から小説、実用書まで多岐にわたるので、かえって絞りきれない。

これといった取っかかりがない以上は、お勧めするならやっぱり気候に合わせるのが順当だろう。八月では、どうしても秋という気がしない。

夏といえば爽やかな青春小説、か。

その連想から浮かんできたのが『夏への扉』だ。古典SFだが読みやすい。しかし簡単すぎるうえ、定番といえば定番だ。そもそも、読書感想文を書くわけじゃないんだし。

同じ外国の作品なら『蝿の王』は？　孤島に閉じ込められた少年たちの物語は、凄惨だが味わい深い。とはいえ、後味の悪さはかなりのものだ。いきなりこんなものを勧められて、気分を害さないだろうか。

となれば、日本の文学はどうか。夏から始まる強烈なイメージの小説といえば、『禁色』がある。しかし、三島由紀夫《みしまゆきお》の作品だったら直の抱いている思いを勘繰られそうで困る。

そういう意味では、『帰らざる夏』も系統が同じといえば同じだった。

だとしたら、小泉八雲《こいずみやくも》の『怪談』のような肝が冷える話はどうだろう。でも、それもありきたりか。となればいっそ百八十度転換して冬を扱った話は？　いや、それも単純だし……悩んだ末に直が『王子様』に渡したのは、坂口安吾《さかぐちあんご》の『桜の森の満開の下』だった。

「坂口安吾？」

いかにも意外そうな相手の反応に、直は消え入りそうになった。

また、やってしまった。

思考が飛んでいるという自覚はあるし、普段なら気をつけているのに、想定外の事態に自制が利かなかった。

一つのモチーフからまるで連想ゲームのように芋づる式に次の思考に繋がって、直の考えは最終的にはまったく別の地点に到着してしまう。話題が飛び飛びになり、幼い頃から、しょっちゅう「直くんとは話が合わない」と言われてきたのも、そのせいだった。

おかげで『王子様』の予想を外すことができたのは嬉しいものの、それは本当にいいことなのかどうか、自信がない。

「……はい」

もしかしたらお好きじゃないかもしれません、と続けて言いたかったのだが、喉《のど》の奥に引っ込んだまま言葉は出てこなくなる。

「この時期に春を題材にした話も乙だね。ありがとう」

彼の返答は穏やかで優しいものだった。

「ほ、ほんとですか？」

その言葉に裏があるのではないかと目を凝らすと、彼は悪戯《いたずら》っぽく笑った。

「あれ、勧めたのに自信がない？」

「すみません」

肩を落としかけた直を見上げ、それから一度本を見下ろし、満足げに頷《うなず》く。

「いい選択だと思うよ。楽しめそうだ」

「は、はい！」

にこりと笑った『王子様』はそれを手に取ると、ぱらぱらと捲《めく》り始める。彼が読書に没頭できるように直は一礼してそっとそこから立ち去り、接客業務を再開した。

……外してる、どうあっても。なのに気を遣ってくれたんだ。

本当に坂口安吾を好きなら絶対に何度も読んでいるはずだし、内容だってわかりきっているに決まっていた。それこそ百回読んだと言われたっておかしくないのだ。

せっかくのいいところを見せるチャンスだったのに、我ながら、馬鹿だ。もっとさらりとお勧めすればいいものを、気負いすぎて見当外れなことをしてしまった。

直はすっかり打ちのめされた気分だったが、相手がそのまま読み始めたので、別の本を勧めることもできなかった。

たかだかこれしきのやりとりで、体力を使い果たしてしまった気がする。

アルバイトを始めて、四か月。

やっぱり、自分には向いていないのかもしれない。

これくらいの接客も上手くできないなんて、ギャルソン失格だ。

都内の大学の二年生の直は、接客は好きか嫌いかと言われれば、残念ながら苦手な部類に入る。小さい頃から、協調性がない、本ばかり読む、マイペースすぎると言われてきた直にとって、一番好きなものを媒介《ばいかい》に他人と関われるこのバイト先は向いているはずだ。むしろこれさえも上手くできなかったら、途方に暮れるほかない。

研修生というバッジが外されてしまったことが、今となっては忌々《いまいま》しい。もう一度研修生になりたい。そうすれば、多少の失敗は大目に見てもらえるだろう。

そんなことを鬱々《うつうつ》と考えている直の視界の中では、『王子様』が、陽射しの中で一心に本を読んでいる。

やや茶色がかった髪が陽射しに透け、きらきら光ってるみたいだ。

綺麗だなあ……。

キッチンの中から彼にぼんやり見惚《みほ》れていると、「直くん」と脇腹をメイドの湯嶋千春《ゆしまちはる》に突かれた。

「せんぱ……湯嶋さん、何ですか？」

大学のサークルの先輩の千春は同じくこの店のアルバイトで、直をアンジェリカに引っ張り込んだ張本人だ。ただし彼女は千春より年上に見られるのを嫌がり、先輩と呼ばれるのは断固として拒絶している。

黒い半袖《はんそで》のワンピースで、袖ぐりは白いレースが覗《のぞ》いている。レースの利《き》いた真っ白なエプロンに、白いヘッドドレスは同じ素材が使われていた。千春の話によると、アンジェリカの衣装は同じようなメイドカフェよりもずっと凝っているので、レースも布地も品質がよくて結果的には長持ちするのだという。

「またあの人に見蕩《みと》れてたでしょ」

さすがに妙なニックネームを聞かれてはまずいと思ったのか、千春は声のトーンを一つ落として、そのうえ『王子様』という単語は使わなかった。

背後では、キッチンスタッフの安堂《あんどう》が無言でシフォンケーキのプレートに生クリームを載せている。

カウンターの向こう側では店長の早川和利《はやかわかずとし》が客と談笑しているが、その視野は広角ではないかと思うほどに店内をよく見ているし、おそらく地獄耳だ。こんなに有能な人がカフェの店長というのも不思議だったが、そもそもアンジェリカ自体が広尾《ひろお》の私設図書館・青柳堂《あおやぎどう》を経営する社長の道楽のような代物で、何か特別なイベントがなければ満席になることはない。

「う」

「直くんは名前どおりだね。すぐに考えてることがわかっちゃう」

嘘《うそ》をついたり隠しごとをするのが苦手な直は、こうして一学年上の千春にすぐにからかわれてしまう。もともと人づき合いの下手《へた》な直を彼女が何かとフォローしてくれるという頭が上がらない関係なので、尚更《なおさら》だった。おまけに千春は直が多少とろくても、のんびりと言葉を待ってくれる。

「目も大きくて、こんなに可愛いんだから、秋葉原のアイドルになるくらいの気概で頑張ればいいのに」

身長は一六五センチ、手足は華奢《きゃしゃ》で可愛いと言われてしまうのは仕方なかったけれど。髪を染めたりするのは嫌いだからそうしなかったが、黒髪に黒い目というのが逆にチャームポイントになると千春は力説してくれた。

「む、む、無理です、僕……」

「直くん、ピュアだし、引っ込み思案だもんねえ」

世間様の評価はよくわからないのだが、直はしょっちゅう「可愛い」と形容される。しかし、世の中の女性は何でもかんでもその言葉でひっくるめてしまうのだから、可愛いにもかなりの幅がある。自分はきっと、今にも「平凡」に足を踏み入れそうな程度の可愛さなのだろう。

そう口にすると、千春はくるっとした大きな目とか、長い睫毛《まつげ》が羨《うらや》ましいと、具体例を挙げてくれるのだ。

髪は猫っ毛でやわらかくて、いつも適当にくしゃくしゃさせても構わないのは、お洒落《しゃれ》にたいして関心のない直には有り難かった。

「それにしても、あの人。常連なのに、いつになったら貸し出しカード作ってくれるのかな。このままじゃ名前もわからないよ」

また『王子様』に話題が戻る。なんだかんだで、千春も彼の動向は気にしているらしい。それだけ彼がこの店で目立ち、独特の存在感を持っているからだろう。

「たぶん、今日も無理だと思います」

直は無意識のうちにそう呟《つぶや》いていた。

客はこの店のポイントカードのほかに、貸し出しカードを作ることができる。貸し出しは無料だが、アンジェリカの書棚に収納された書物は廉価な文庫本からそれなりに貴重な本もあるので、写真付きの身分証明書のコピーをもらうことになっている。当然、その手順を嫌がって貸し出しカードを作らない者もいた。だけど、週に三日はやって来る『王子様』はアンジェリカの本に興味を示し、しょっちゅうタイトルや出版社をメモしている。彼ほどの常連になれば、どうして作成しないかのほうが不思議なくらいだった。

「直くん、聞いてみたら？　あの人も直くんのことまんざらじゃないみたいだし」

「やめてください、そういうの」

ふざけた調子で直は千春を軽く睨《にら》んだが、自分の垂れ目ではあまり迫力がないのはわかりきっていた。

「だって、私、そういうの偏見ないよ」

「だからって、そういうのじゃ……」

「憧《あこが》れだけじゃご飯は食べられないでしょ？」

「え、そういう問題でもないですよね……？」

このカフェがあるのは秋葉原で、客層もややマニアックだ。店員もいろいろな知識が増え、直も女性が男同士のいちゃつきを許容していることに気づいていたが、それが許されるのは二次元の世界くらいだと思う。

でも、三次元の住人だって知っていて、『王子様』のことが好きだ。

面食いだって言われても仕方ないけど、最初にやっぱり顔がいいな、と思った。次に彼が書棚から選んだ本が、直の好きな『楡家《にれけ》の人びと』だったから嬉しくなった。それなのに直はオーダーを間違えるという粗相をしてしまったが、彼は「たまにはこういうこともあるから」と笑って許してくれたのだ。

これで好きにならずにいろ、というほうが無理な話だ。

何もかも全部をひっくるめて直は『王子様』に片想いをしていたけれど、ルックス目当てだと思われてもおかしくないから、自分の抱くこんな気持ちに気づかれたくはなかった。

お冷やのお代わりを注ごうと思って、『王子様』の机に近づいた直はグラスを手に取る。

「ねえ」

「は、はいっ」

唐突に呼びかけられてびっくりして声が上擦り、注ぎかけたお冷やを少し零《こぼ》してしまう。

「あっ」

幸い水はぽたりと木の床に零れ落ちただけだったので、直はほっとした。本を濡らしたり汚したりしたら大変だ。

「すみません、お水はかかりませんでしたか？」

それでも念のため聞くと、こちらを見上げた彼は自分の手荷物をひととおり眺めてから、唇を綻ばせた。

「大丈夫だよ。心配してくれて、ありがとう」

「いえ、そうじゃなくて……今のは僕のミスなので」

これは店のスタッフとして、当然の配慮だ。

「ううん、僕が突然呼んだからびっくりしちゃったんだね。こちらこそ、ごめんなさい」

礼儀正しいのか、心優しいのか、お人好《ひとよ》しなのか。

そのどれなのかは判然としないが、彼の周りにはいつもやわらかな空気が漂っている。

普通は綺麗な人の周りはもっと張り詰めたような緊張感があるんじゃないかと思うが、この人は別だ。

どこかあたたかくて、それでいてサイダーの泡が弾けるみたいな、自分の心がぱちぱちと反応する瞬間がある。

「それよりもこの本、面白いよ。久しぶりに読んだけど、やっぱり坂口安吾はいいね」

ストレートに褒められると、どうすればいいのかわからない。

顔をかっと火照らせる直に、『王子様』はまるで余裕を崩さなかった。

「そ、そうですか？」

「うん。ありがとう、君のお勧めはいつも大当たりだ」

ここで、とろりと甘い笑顔でだめ押しされる。

そう言われてしまうと嬉しくなって、ポットを載せたトレイを両手で捧げ持ち、直は「ありがとうございます！」と深々と頭を下げた。

すると『王子様』は嬉しそうに笑って、再び文庫本に視線を落とした。

こうやって、彼を見ていられるだけで充分。

それだけで、すごく嬉しい。

胸元に手をやった直は、バックヤードに引っ込んでふうと息をついた。

やっぱりこれって、恋のせいなんだろうか？

彼が笑うと魔法の杖が一振りされたみたいに、あたりにぱあっと光が散る。それまでとは変わらなかったはずの景色に、きらきらの成分が降りかかる。

彼の笑顔が、まるで金色のスプレーを一吹きしたように、目前の光景を変えてしまうのだ。

小さい頃から、直は何度も言われていた。会話のキャッチボールができないって。

体育は無論苦手だったが、会話においてもボールを投げられない。直の投げたボールは、いつもあさっての方角へ飛んでいく。

直とまともに会話をできるのは、自分の暴投癖に慣れている母と姉くらいのものだ。それだって会話の殆《ほとん》どが嚙《か》み合っていない。

自分は皆と、どこかがちょっとだけ違う。だけど何が違うのかは、直自身にもよくわからない。だから、黙っているのが一番いい。口を開いたって、上手くいかないからだ。

もちろん、成長した今はあたりさわりのない会話なら問題がなかった。アンジェリカで繰り広げられるようなルーチンと化した接客とか、いわゆる社会常識に近いものとか。

だけど、セオリーでは割り切れない事態に直面すると、途端に応用できなくなる。

どう反応すればいいのか、わからなくなってしまうのだ。

結果、会話のキャッチボールができないという烙印《らくいん》を押されるのが常だった。

最初はそれでも頑張って他人とコミュニケーションを取ろうとしていたが、だんだん、諦《あきら》めのほうが大きくなりつつあった。

その点、本は素晴らしい。

本は文句を言わない。直の思考が飛んでいたって、何ら問題はない。

どんなに話が飛んでわからなくなっても、ページを捲《めく》ればいつだって戻れる。大好きな場面や台詞《せりふ》を何度でも繰り返せる。

友達ができないから本を読んで、本にのめり込むからますます人づき合いが苦手になって。

そんなコンプレックスの悪循環に呑み込まれて、現在に至る。

アンジェリカにいても、同じ本好きに下手《へた》なことは言えないというプレッシャーから、会話のときは緊張しきってしまう。挙げ句、さっきの『王子様』に対するときのように、珍妙なお勧めをしてしまうのだ。

けれども、不得手だからって一人が好きなわけじゃない。

アンジェリカだってバイト先としては最高なのだから、自分の欠点さえ克服できればもっと楽しくなるのに、どうすればいいのか方法がわからないままだ。

「お疲れ様でした」

互いに声をかけあってロッカールームで着替えを済ませる。最後に店長の早川に声をかけると、「お疲れ様でした」と月並みな台詞が戻ってくる。

「ああ、叶沢くん」

「はい」

ふと呼び止められて、直は足を止めた。振り返ると、デスクに腰を下ろしてパソコンのキーボードを叩いていた早川が顔を上げて眼鏡《めがね》のレンズ越しに鋭い視線をくれる。

……怖い。

「接客中、水は零さないように気をつけてください」

「！」

繊細な顔立ちの早川は、切れ長の二重の目と薄い唇が印象的だ。それをシャープな眼鏡で隠しているから、よけいに鋭利なイメージを与えている。

細身ですらりとした早川は、その印象どおりに性格もかなり尖っている。

年齢は確か三十前だが、一見すると銀行員か何かのようで、文学青年というにはやわらかそうなところがまったくない。聞けば前歴は他の図書館の司書をしていたそうで、そのあたりが意外だった。どこか神経質そうで、物腰は丁寧だが、スタッフに対しては辛辣《しんらつ》でいっかなるときも容赦がない。

「アンジェリカの書籍は、確かに入手が比較的簡単なものが多い。しかし、本は大事な財産です。万が一、汚損があっては困ります。持ち込みのお客さんだっていらっしゃるのですから」

早川は、人間よりも書物に愛着を持つ熱狂的な古書蒐集家《ビブリオマニア》——スタッフのあいだではそういう認識なのだ。

口さえ開かなければ男前だし素敵な店長なのに、と千春は常々残念がっている。

「本は代えが利かないものなんです」

本は唯一無二だかギャルソンは代理がいると言われているようで、直はしょんぼりとした。

「特にあの社長に知れたら、何を言われるか……」

燃え上がるような早川の気迫を感じ、直は「すみません」と謝罪を口にする。

自分が悪いと思っていたので、弁解はしなかった。

「おわかりいただければ、結構です」

四角四面で接客にはおよそ向いていないような、早川の硬い声が鼓膜を撫《な》でた。

まるで氷だ。

「では、また明日」

「……はい、お疲れ様でした」

このぶんでは、『王子様』というニックネームもばれてしまっている気がする。何かあればどこかで注意されそうだと、直は気を引き締めた。

肩を落とした直が裏口から出ると、千春が立っていた。

「湯嶋さん、待っててくれたんですか？」

「うん」

同じように下宿生でも千春とは路線は違っても、秋葉原の駅までは一緒なので、直はあえて千春を誘う。人通りはそれなりにある道を通るが、やはり十時過ぎなので女の子一人で歩かせるのはどうかと思うからだ。

一人しか通れないような細い路地を通り、表通りに出る。平日の夜ということもあり、車の通行量はさほど多くはなかった。

「あの人、やっぱりカード作らなかったね」

カードを作らないあの人といえば、『王子様』のことと決まっている。

自分の好意を気取《け》られるだけでも恥ずかしいのに、それでも何となく、彼のことを噂《うわさ》したくなる。そんなふわふわしたくすぐったさは、意外にも嫌いじゃない。

「……うん」

「あれ？　直くん、もしかして、へこんでる？」

「何がいけないと思いますか？　うちの店、個人情報はしっかり管理してるのに」

細い小道を抜けて道路に出ると、もう秋風が吹いている。昼間は汗ばむくらいの陽気だったのに、天候によっては薄手のTシャツだと震えそうだ。

「だいたいうちが青柳堂の傘下だってわかれば、信用してくれそうなものですし……」

「そうなのよね。青柳堂って私設図書館でもかなりメジャーなのに」

広尾にある青柳堂はその建物の素晴らしさと蔵書冊数ゆえに有名だし、アンジェリカのメニューやホームページでもそこに関係していると書かれている。

千春もさも不思議そうだった。

「それに店長があんなだから、ぱっと見はメイドカフェっぽくても、うちの店は硬派っていうイメージがつきそうなのになあ」

もしかしたら、直の至らない接客のせいではないかと、不安すら覚えてしまう。

直だったら「今入会するとお得ですよ」とか「ポイントカード作りませんか？」とか言われると、断り切れずに作ってしまう。だからこそ、『王子様』の頑《かたく》なさが不思議だった。

「まあ、『王子様』もちょっと得体の知れないところ、あるけどね」

「得体の知れないところ？」

「……うん。手の内を全部見せてないと思うの。美人だけど底が知れないっていうか」

千春が頷く前に示した戸惑いは、いったいどこから来ているんだろう？

「それは先輩が、推理小説好きだからじゃないですか？」

「それを言っちゃおしまいだよ」

千春はころころと声を立てて笑った。その涼やかな声は、嫌いじゃない。

「あ、そうだ。皆で『王子様』って呼んでるの、店長にばれてる気がするんですよね」

「そうかも」

「えっ！」

あまり気にしていない様子で千春が言ったので、直は目を剝《む》いた。

早川は完全にアンジェリカのことを把握している様子だが、正直に言えば直は未《いま》だに彼のことは苦手だった。レンズ越しに見つめられるとぞくっとする。

「だって、早川さんってすっごく優秀だもん。気づいてるけど、今はまだ黙っててくれてるんだよ」

「……………」

「行き過ぎたら怒られるかもしれないし、気をつけなくっちゃね」

「うん」

「店長、キャラ設定的には完璧なんだよね。眼鏡で敬語で寸分の隙《すき》もなしって感じだもん」

「眼鏡かあ……そういえば、歯医者さんの予約忘れてました」

呟いた直の言葉を、千春は当然のことながらまるで聞いていなかった。

「あれで寺山修司《てらやましゅうじ》好きっていうのが、また面白いんだよね。ギャップがあるところが、乙女心をくすぐるの」

「そうなんですか」

千春とは会話が続くのは、彼女が直の言うことをあまり気にしないからだ。さっぱりとした気性で、千春は言いたいことがあったら自分の話すべき方向に軌道修正する才能がある。

今も、眼鏡からコンタクトレンズを思い出し、コンタクトレンズを作るには眼科↓医者↓歯医者と連想した直の言葉を、あっさりと流してしまった。

主に千春が他愛もなくああでもないこうでもないと言っているあいだに駅に着き、彼女とはつくばエクスプレスの改札の前で別れた。

京浜東北線に乗り込んだ直は、ドアに凭《もた》れて息を吐き出した。平日のこの時間帯の電車なら、まだあまり混《こ》んでいないので余裕があった。

東京、有楽町、と外の景色はめまぐるしく変わっていく。

毎日見慣れた光景だった。

自分がカフェでアルバイトをするなんて、一年前には想像ができただろうか？

直の読書好きは筋金入りで、大学の推理小説研究会で知り合ったという両親の影響が大きいらしい。物心がついたときから読書に夢中で、小さい頃は友達の家に遊びにいくと真っ先に本棚の前に座り込むとか、休み時間も図書室に通って授業に遅刻したりとか、そういうことは日常茶飯事だった。

とりわけ図書館は直にとって一番好きな場所で、学校が終わるといつも駆け込んだ。早めに行けば一冊放課後に読めて、もう一冊借りた本は翌日までに家で読み切ればいいからだ。

大学でミステリー研究会に入ったものの、ミステリーだけが好きというわけではないから、いまいち馴染《なじ》めずに居場所を見つけられなかった。

そんな直に、アンジェリカを教えてくれたのが一学年上の千春だ。高校の時は文芸部、大学も文学部で一緒になった千春は直が一種の活字中毒だと見抜き、面白い店があるからとアンジェリカに連れてきてくれた。

はじめは客としてアンジェリカにやって来た直は、その料金設定が災いして頻繁に訪れるわけにはいかなかった。けれども根性を入れて単発バイトを繰り返して金を貯め、何度か店を訪れるうちに、人員に空きができたからとバイトに入るよう推薦されたのだった。

思考が飛びがちという性格上、誰かにわかりやすくものを教えなくてはいけない家庭教師や塾講師はハードルが高かったたし、書店のバイトはなかなか条件に合わなかったので、アンジェリカでのバイトもおそるおそる始めた。

誰かと接するのが苦手なら、どうしてカフェでバイトを始めたのかと聞かれるだろう。

友達が欲しかったのだ。

千春だけでなくて、趣味のことを思う存分に語れる相手が。

確かにツイッターやSNSなど、新しい出会いの場所はたくさんある。でも、やっぱり生身の接触に勝るものはない。オンラインでの会話も楽しいが、誰かと夜が更けるまで好きな本について語り合ったり、そういう体験をしたいのだ。

このままではいけないと進学を機に親に一人暮らしを言い渡され、家から切り離されたせいもある。

家族が大好きなだけに、よけいに孤独は心に染みた。

「…………」

そんな奥手で本しか興味のない自分が、このところどこにいてもぼんやりしてしまう。バイト中もあからさまに『王子様』に気を取られていて、千春にも気づかれてしまったくらいだ。幸い、千春はそういったことに偏見がないとかで、今のところ直のことをさりげなくフォローしてくれている。

いつもの駅で降りた直は、自宅アパートまで十分強の距離をゆったりと歩きだす。

駅ビルの前を歩いてコンビニエンスストアやレンタルビデオ店の建ち並ぶ町の前を通過すると、次第に人通りが少なくなってくる。

のんびり歩いているとゴミ捨て場の近くで野良猫に遭遇し、直はその場で腰を落とした。

右手をすっと差し出し、ちっちっと舌打ちしながら呼んでみたが、野良猫は寄ってこない。このところ毎日あの子に会っているのだが、撫でられたためしはなかった。警戒心が強いのだろうが、かといって無責任に餌《えさ》をあげるわけにもいかないので、関係は平行線のままだ。

「ただいま」

ありがちなモルタルのアパートの二階が直の部屋で、両隣には大学生とフリーターが住んでいる。朝夕に顔を合わせる程度で、濃い近所づき合いなんてものはない。直の出身地は小田原だったが、大学に通うのはなかなか大変で引っ越してきたのだ。

誰もいない部屋では玄関の灯《あか》りのスイッチを入れるのももったいない気がしたし、どうせせいぜい三歩ほどの距離だ。直は暗闇で靴を脱いで、ワンルームに入ってから灯りを点《つ》けた。

壁の長辺に沿うように小さなテレビとデスクが並べられ、そのうえにはノートパソコンが置かれている。反対側には、小さめサイズのベッド。そして壁には収納を最大限に重視した本棚が二つ。予算を少々オーバーしても1Kを貫いたのは、キッチンが外にあれば、そのぶん部屋に本棚を置けるからだった。いかにもありがちな男子学生の部屋だったが、壁紙は白いし家具も薄い色のものを選んだので、本棚さえなければ圧迫感はあまりない。

カフェに勤めていると何が有り難いかというと、昼食か夕食のどちらかは賄いで出てくることだ。おまけに料理人の安堂がマクロビオティックに凝っているとかで、アンジェリカの料理は健康志向のものが多い。そのため、必然的に賄い飯もバランスの取れたものになっているのが嬉しかった。

もっとも、直の好きなものはほっぺたが落ちそうなくらいに甘いスイーツだから、砂糖不使用のアンジェリカのお菓子類は物足りないのだが。

食べた瞬間に頬がぎゅうっとするような、あの甘さにこそ癒されるのだ。

「よーし」

鼻歌を歌いながら直は台所の戸棚を開けて、買い置きしているホットケーキミックスの袋を取り出す。

直にとってホットケーキミックスは必需品で、ホットケーキを作るだけでなく、蒸しパンやスコーン、ロールケーキにパウンドケーキなど、ひととおりのものは作れてしまう。ホットケーキは多めに作ってしまったときは冷凍すればいいので、焼きすぎて困ることもない。

一番手軽なのは、炊飯器でホットケーキを作る方法だ。最初に軽くチューブのマーガリンを釜底に塗ってから、卵を入れてよく溶き、そこにホットケーキミックスと牛乳を入れて混ぜる。こうすると洗い物が一つで済んで楽だ。

「あ」

どうしよう、冷蔵庫に卵がない。そういえば朝食は時間がなかったので、卵掛けご飯にして最後の一個を使い切ってしまった。

卵を使わなくてもホットケーキミックスならそれなりに上手くいくが、買い置きしておくと小腹が空いたときにも便利だ。せっかくだから、買いにいこう。

リビングの電気を消した直は財布をデニムのポケットにねじ込み、玄関でスニーカーに足を突っ込む。きちんとそれを履いてから、アパートの外に出た。

ぽっかりと空に浮かぶ月。

一人で観賞するのは惜しいくらいに綺麗な満月は、誰と一緒に見たいだろう?

そう思ったときに脳裏に浮かんだのは、『王子様』の甘い笑顔だった。

まるで濃い蜂蜜を口に含んだときみたいに、ぎゅっと頬の内側の粘膜が痛くなる。

甘くて甘くて、胸焼けしそう。

今までろくに他人と関わってこなかった自分が、あんな素敵な人に興味を持つなんて、あまりにも大それている。そう知っていても、止められないのだ。
たとえば、一つだけ願いが許されるなら自分はどうする？
……あの人の名前が知りたい。
アンケートを手渡すとか、ずるい手口を使えば名前くらいわからないだろうか？
贅沢なんて言わないから、名前だけでも教えてほしかった。

2

「この本、お勧めなんです。よかったらアンジェリカにも置いてください」

「ありがとうございます」

会計の際に女性客が丁寧に書き込んだお勧め本カードを手渡してきたので、直はにこやかに礼を告げる。

いくら人づき合いが苦手だといっても、接客の基本くらいならこなしている。

アンジェリカは新刊書店と違って毎日新しい本が入荷してくるわけではないので、基本的に新しい出会いは友達との情報交換か、青柳堂に斡旋《あっせん》されるか、地道に書店に出向くか、あるいはこうやって情報を手にするかしかない。インターネットでの書評サイトなども役に立つが、やはり趣味をよく知っている相手のお勧めというのもかなり有効だ。

カードに記されていたのは直の知らない作家名で、レーベルから察するに推理小説のようだ。読書好きの人はたいていレーベルもワンセットで覚えており、本を探す手がかりになる。それにレーベル名からだいたいの傾向が見えることも多いので、とても助かっていた。

この会社のものなら、大学の生協で買える。つまり、一割引になるはずだ。新学期も始まったし、ちょうどいい。

そうだ、生協に行くのであれば蛍光ペンを買わないと。あとは予約していたDVDの引き取りだ。あ、DVDと同じ主演俳優の映画を見たいと思っていたっけ。

そんなふうに、直の想像はとりとめもなく広がっていく。

「じゃあ、また」

「行ってらっしゃいませ、お嬢様」

明るく告げた直は一礼する。

お勧め本カードは専用の籠《かご》に入れておき、あとは暇ができた者がパソコンに入力し、スタッフ同士で情報を共有することになっていた。

ちらりと窓際に視線をやると、三日ぶりに訪れた『王子様』が七番テーブルで読書に耽《ふけ》っている。レジからは背中しか見えないが、そのラインでさえも静謐《せいひつ》をかたちづくっているように見えて、直はうっとりと瞬《まばた》きをした。

さらっとした茶色の髪は、よくよく見れば、カステラの外側の色に似ていた。瞳もやわらかな茶系だった。

彼の生態は、じつは謎に満ちている。

店に現れるのは、だいたい午後の三時前後。そこから二時間ほど店に滞在して、コーヒーを頼む。時々昼頃に来てはランチを注文することもあるが、そういうときは十二時半にはさっさと店を出てしまう。直の覚えている限りでは、閉店までいたことはない。

服装もまた、不思議だ。

スーツにネクタイなどということはまずなく、たいていシャツにパンツ、それからジャケットという軽装だ。

『王子様』というにはいささか地味な服装かもしれないが、その適度な清潔感がいいのだ。

結果、黒が基本の制服の群れの中にいたとしても、彼は不思議と涼しげな存在感を保つ。

午後三時にやって来た彼は五時前に精算を済ませ、やわらかな笑顔を残して店を後にした。

今日はあまり会話ができなかったが、急いでいたのかもしれない。

「……そうですか、宮沢賢治《みやざわけんじ》の。そんな珍しいものまでお持ちでしたか」

へこみつつ食器を片づけていると、談話スペースから、早川の穏やかな声が聞こえてくる。

彼が話している相手は、鎌田《かまた》という常連客だ。

「はい。でも、親父が、その、処分したがっていて……」

「でしたら、いい古書店をお教えしますよ。今はたちの悪い古書店もあって、見積もりの値段を共謀して安くすることもあるんです。最近はネットが発達してるので、売り手があまり詳しくなくてもだいたいの相場がわかりますが」

大学院生の鎌田はがっしりとした体軀だが、見た目に反して口べたで物静かな青年だった。

このあたりでアルバイトをしているそうで、鎌田は特に規則性もなく来店する。亡くなったばかりの祖父が稀覯本《きこうぼん》マニアだったらしく、同じように古書蒐集《しゅうしゅう》を趣味とする早川とは気が合うようだ。彼が生きているあいだに早川に会わせたかった、と残念そうに言っているのを聞いたので、言葉は少ないが優しい人なんだろうなと思った。

アンジェリカは表紙をフィルムコーティングしていいような本を中心とし、早川が蒐集するような古書は置かれていない。ただ、例外としてレジカウンターに置かれたガラスケースに早川の集めた古書が月替わりで展示されている。

今月は、宮沢賢治の『春と修羅』だった。それもたいそう珍しく、苦心して手に入れた本のようで、あの早川がうっとりしながらUVカットされたガラスケースを撫でているのを見たことがある。

彼はアンジェリカのホームページで『今月の珍品』というコーナーを執筆しているのだが、アクセスは月に百もいかないそうで、誰が読んでいるのかを聞きたいくらいだった。

「その前に一度見せていただきたいくらいです」

早川の声は、心の底から見にいきたいという願望が込められているようで、普段のクールそのものの彼を知っている直には意外だった。

「え！　あ、いいですよ、ぜひ」

「いえ、さすがにそれは行き過ぎですから」

遠慮はしているものの、彼の声には残念さがまざまざと込められていた。

どんなに好きであっても公私の間に一線を引けるなんて、早川はやっぱり大人だ。

七番テーブルを片づけていた直は、椅子の下に何かが落ちているのに気づく。

「……あ」

光るものは、リング形のキーホルダーだった。

鍵《かぎ》と一緒に銀のリングからぶら下がるのはアルファベットをかたどったチャームで、ビーズを埋め込んである。

アルファベットはHとM。

リングにつけられた鍵の本数は八本と意外と多く、持ち上げるとずしりと重かった。

こんなものを落としたら音で気づくかもしれないが、つい一時間ほど前に鞄の中身をぶちまけたお客様がいたので、いつもは静かな店内も、今日に限ってばたついていた。

おそらく『王子様』のものだろうが、彼の前に七番に座った客が帰ったときに、さすがに椅子の下までは確認しなかったから自信がない。

それなら、本人に聞けばわかるはずだ。

「ちょっと追いかけてきます！」

そう宣言した直は外に飛び出したが、街の雑踏の中で彼のあの後ろ姿は見つからない。いつも座っている姿ばかり見ていたけれど、立っているところはあまり覚えていないことに直は気づき、胸がぎゅっと痛くなった。

見つかるまで『王子様』を探したかったが、持ち場を離れていつまでもふらふらしているわけにもいかない。きっと探しに来るだろうと結論づけ、直はアンジェリカに戻った。

もしこれが『王子様』のものだったら、「ありがとう、お茶でも奢《おご》るよ」なんて理想的な展開もあったのかもしれない。もっとも、バイト中だからお茶なんて無理だけど。

そんなことを考えつつも接客していると、不意に電話が鳴った。

一番近くにいた直が受話器を取り、「ライブラリーカフェ・アンジェリカです」と応じる。走っていたのか、受話器の向こうで小さな呼吸が聞こえてきた。

「……すみません」

涼やかで、それでいて躊躇いがちな声だった。

「セナミと申しますが、先ほど、席に忘れ物をしませんでしたか？」

「セナミさん？」

背に波？　瀬に並？　いったいどういう字面《じづら》なのか、見当もつかなかった。

覚えがない以上は、常連客や業者ではないだろう。

コードレスホンの白い受話器を握り締めたまま、直は訝《いぶか》しげに首を傾《かし》げる。千春に助けを求めたかったが、彼女はあいにく接客中だ。

「いつも、窓際に座るんです。あの、もしかして……スナオくん？」

これって『王子様』だ！

そう思った瞬間、心臓が口から飛び出しそうなほどに勢いよく飛び跳ねた。

「は、はいっ！」

声を上擦らせたせいで、千春がちらりとこちらを見やった。

しかも名前を覚えていてもらえたなんて、かなり奇跡的だ。

「よかった、君で。悪いんだけど、僕、鍵を忘れなかったかな」

よかったって、なに？　どういう意味？　おまけに直、と名前を呼ばれてしまうとは。

どうしよう、きっと頬は真っ赤だ。

よくよく考えれば、ネームプレートにはＳＵＮＡＯとローマ字で書かれているから、覚えてもらっていてもおかしくはないのだが、いざ名前を認識されていると思うと緊張に震えてしまう。

まだ話し始めたばかりだというのに、受話器を摑む手は汗でぐっしょりと湿っている。

「床に、キーホルダーなら落ちてました」

「やっぱり！　ＨとＭのアルファベットがついているので合ってる？」

いろいろな特徴を立て続けに挙げられ、直はそれに間違いないと確信する。

「はい、そうです」

「そのまま預かってもらえますか？　それで、今日中に取りに行きたいんだけど、アンジェリカの営業時間って何時までかな」

「九時です」

「九時……」

電話の向こうで『王子様』がうーんと唸《うな》っている。本気で困っているのか言葉に詰まった様子で、代案がないようだ。

「あの、僕、最寄りの駅まで届けましょうか？」

「いや、これから打ち合わせがあるんです。どうしても抜けられないから、九時半を過ぎてしまいそうだ」

そう言われてみれば、確かにそうだ。こんな理由で早退することなんて、直にもできそうにない。

「じゃあ、明日は？」

「あいにく、あれがないと家に入れないんだ。不動産屋もその時間には閉まってる」

「ええと、だったら、十時頃に来られませんか？」

「十時？」

「片づけが終わるとだいたい十時です。その頃はどうですか？」

何とかして、彼の力になりたい。下心とかそういうの抜きで、彼を助けたかった。ぎゅっと受話器を握り締めていると、彼がほっとしたように緊張を緩めた。

「その時間なら間に合うけど、本当に大丈夫？」

「十時より早く上がれることはまずないです」

「よかった。ありがとう。じゃあ、そのときに裏口に伺います」

「かしこまりました」

自然と声が弾み、何ごとかと言いたげにフロアに出てきた早川がこちらを睨んだが、直は見なかったふりをした。


ただ、鍵を返すだけだ。

けれども、イレギュラーな接触に下心がなかったかといえば、嘘になる。

『王子様』からの電話の前にも、自分の都合のいい妄想にたっぷり耽ってしまったくらいだし。

今夜くらいはもう少し長く、『王子様』と話せるかもしれない。

もしかしたら、何かの拍子でプライベートのことも聞けたりして。

とはいえ、勝手にことを運ぶのはまずいので、一応早川に鍵の受け渡しをすると説明をした。店の従業員と客が親しくなるのを規則上は禁じているので止められるかと思ったものの、彼は少し考えてから「構いません」とだけ答えた。

子細を聞きたがった千春に話しかけられてもほとんど答えずに一心不乱に掃除をしたおかげで、九時四十五分には帰れる段取りとなっていた。

千春は「お幸せに」などという不可解な言葉を残してさっさと帰ってしまい、暗がりでうろうろする自分はかなり不審者だろう。

シャッターを下ろした店の前で直は頻《しき》りに行ったり来たりしていたのだが、『王子様』はまだ現れない。

遅いなあ。

けれども、こうやって誰かを待っているのも、何だかどきどきして楽しい。

これも『王子様』との関わりがもたらす、副作用だろうか？

たとえばキーホルダーを、わざと彼が落としてくれたなら嬉しいのに。直としゃべるきっかけになるといいとか、そういう理由で。いや、あのいかにもスマートそうな彼がそんな間《ま》怠《だる》っこしいことをするわけがない。それに、何かあったら相手をするのは自分ではなく店長の早川だ。今日はたまたま、自分が電話を取っただけなのだ。

そういえばセナミと名乗っていたけれど、今日こそ名前を教えてもらえるかもしれない。

電話で名乗ったということは、素性を隠しているわけでもなさそうだ。

ぼんやり待っていると、軽やかな足取りでセナミが走ってきた。

「ごめんごめん」

途端に。

見慣れているはずの、くすんだ夜の町でさえも、きらきらの粒子が溢《あふ》れていく。シャッターが下りたオフィスビルも、人気《ひとけ》のないマンションの入り口も、行き交う空車のタクシーも、全部が全部、普段から目にしているもののはずなのに。

「お……じゃなくて、こんばんは」

お帰りなさいませ、と言ってしまうところだった。職業病だ、と直は頬を赤らめる。

いかにも王子様な彼に見つめられると、挙動不審になってしまう。

いつものTシャツにデニム。おまけに今日は洗いざらしのTシャツのモノクロプリントがすっかり薄くグレーになってしまっていて、貧乏くさくて我ながら恥ずかしかった。

だけど着替えを買う時間も金もなかったから、かっこつけることさえできなくて。

自分が誰かによく見られたいと思っていることに、直は今更ながら驚いていた。

「お待たせ、スナオくん。ごめんね、電車が遅れちゃって」

謝罪に片手を挙げる仕種《しぐさ》さえも、彼がすると洗練されていてとても優雅だった。

「停まっちゃったから、途中で降りてタクシーで来たところ」

「え。JRですか？」

本当に、と直は目を丸くした。

「うん、秋葉原通る路線は全滅」

「じゃあ、僕も帰れないかも……家、田端《たばた》なので」

「そうか、だったら復旧までしばらくかかりそうだよ」

どうしようと直はしょんぼりしかけてから、まだ相手に鍵を渡していないことに気がついた。

「それより、鍵です」

「あ、忘れてた。君に会えたのが嬉しくて浮かれてたのが、ばれちゃうね」

彼はにっこりと笑って、右手を差し出す。

たとえ社交辞令でも、そう言ってもらえるのは嬉しかった。

「どうぞ」

ポケットから出した鍵は、妙にあたたかくなっている。その体温が気持ち悪いと思われないといいのだけどと躊躇いつつ、直は彼の手にそれを載せた。

「ありがとう」

ちゃりっと音を立てて、彼が鍵を握り締める。

直の体温が移ってしまった、あの鍵。

直のぬくもりを、今度は彼の体温で上書きする。

体温と体温の合算なんて、直の手を直接握られたのと同じくらいにすごいことに感じられて、頬が熱くなった。

それに、彼は先に直の電車のことを聞いてくれた。今、彼は自分の鍵よりも、真っ先に直のことを心配してくれたのだ。そうわかったので、直の心はほんのりとあたたかくなってしまう。

我ながら単純だった。

だが、そのときに唐突に思い出したのが、千春の「底が知れない気がする」という彼に対する評価だった。あれって、こういう優しさの見解も含めてなのだろうか。

——いけない。自分で自分の気持ちに水を差してしまってはだめだ。

「家には帰れる？」

「たぶん。だめでも始発で帰れます。僕、明日は休みだし」

幸い秋葉原では、時間をつぶす手段には事欠かない。ネットカフェはあるし、あまり腹は減っていないが、ファミリーレストランに入ったっていい。

「だったら、何か食べようか。お礼に奢るよ」

「奢るなんて、そんな、滅相《めっそう》もない」

「滅相もないって……可愛いなあ。もしかして時代小説好き？」

ぷっと笑った彼に、「可愛い」と言われてしまい、直はますます頬を火照らせる。

可愛いっていうことは、男もありってこと？　だとしたら、『王子様』はどっちなんだろう。すごく綺麗だから、ネコ……とか？

以前、「基礎知識だからね」と千春に教えられたネコとタチという専門用語が、頭の中でぐるぐる回っていた。

「どうしたの？」

「う、えっ、いや、あの……」

また変なことを聞きそうだったので、直は慌てて口をつぐんだ。

「ファミレスでもいいかな。僕、あまりこのあたりのことは知らなくて」

「ファミレス？」

優雅で上品な彼の口からファミレスなどという単語が出てきたことのほうがミスマッチで、直は驚いてしまう。

そのあとになって、彼に食事に誘われたんだという感慨がじわじわと込み上げてきた。

嘘、嘘……どうしよう！

すごく、嬉しい。一気に舞い上がってしまい、完全に地に足がついていない。

「あれ、あまり好きじゃない？　スナオくん、もしかして箱入り？」

首を傾げると相手の髪が揺れ、グリーンシトラスの匂いがふんわりと漂ってくる。

爽やかだけど美味しそうな、そんな匂いだった。

「あ、そうじゃないんです。ファミレスってあんまり似合わない気がして」

「そう？　ファミレスもファーストフードも入るよ」

よく考えれば、現代人なのだから用事があればファミレスだろうがハンバーガー店だろうが、必要があれば入るだろう。

自分がどれだけ彼のことを特別視していたのかと、我ながら恥ずかしくなる。

「僕、ちょっと古くさいからかな。本の趣味も親父っぽいって言われるし」

誰に、と聞きたくなるのを直は堪《こら》える。必要以上に踏み込んだら、きっと引かれてしまう。いくら何でも、それは悲しいし、万が一彼が店に来なくなったら淋しい。

「仕事、平気ですか？」

「え？」

「あ、いえ、その、遅くなると明日に差し支えるし」

「平気だよ。明日は午後からだから」

一瞬不審な顔をしたものの、彼はにこりと笑った。

ということは、夜勤がある職業なのだろうか。

お医者さんとか、エンジニアとか、変則的なシフトの職場なのだろう。

結局、アンジェリカにほど近いファミリーレストランに入ると、彼とボックス席に陣取る。先に直をソファの席に座らせ、向かい合った彼は「はい」とメニューを開いて手渡してくれた。

ファミレスなのに、そんな所作も紳士的だ。

エスコートをするのにも、かなり慣れているようだ。

本当に王子様なんだ……。

「何でも好きなもの、食べて。といってもファミレスだけどね」

彼の言葉がおかしくて、今の感慨も忘れて思わず直は吹き出しそうになる。

「あ」

いきなり彼が小さく声を上げたので、直ははっとして凍りつく。

「すみません！　今の、とても失礼でしたよね」

「ん、気にしないで。スナオくんが素《す》の表情見せてくれたの初めてだから、嬉しくて。ほら、いつもお店の中では接客用だから。予想よりも、ずっと可愛いよ」

また、可愛いと言われてしまった。これってどういう意味かと思いつつ、直は平静を装う。

「それは……公私混同したら逆に怒られます」

「それもそうか。だけど、えらいね。僕はそういう、切り替えは苦手なんだ」

直は賄いのおかげで空腹というほどではなかったのでホットケーキを、相手はシーフードドリアを注文した。

「僕も、苦手です。だから逆に、すごく気をつけているんです」

「じゃあ、似た者同士だね。……それで、ホットケーキでいいの？　そっちはデザートにしてメインを頼んだら？」

「あ、僕、賄いで食べちゃったんです」

「それはいいね。アンジェリカ、料理が美味しいから」

「はい」

こくりと頷いた直はグラスを摑んで、水をこくりと飲む。

何となく訪れた沈黙に、今のうちに聞きたいことを聞いてしまおうと思い立った。

「あの、セナミさん」

「えっ⁉」

勇気を出して名前を呼んでみたが、彼にどこかぎょっとしたような反応を返され、直ははっとする。

何かまずいことを、言っただろうか。

「す、すみません、違いましたか？」

「ううん、いや、合ってる。そういえば、さっき、名乗ったんだっけ」

珍しいことに、いつもマイペースな彼にしてはどこか動揺した様子だった。

「はい……あの、どういう字ですか？」

「――浅瀬の瀬に、方角の南。下は光瑠《みつる》。光るに瑠璃《るり》の瑠だよ」

瀬南《せなみ》光瑠。

すごく綺麗な名前だ。

ずっと知りたいと思っていたことが、やっとわかった。

彼とお茶をできるうえに、名前まで聞いてしまった。ハードルの高い設問を一気に二つもクリアするなんて、これはいったい全体どんなご褒美なんだろう？

「き、綺麗な名前ですね」

「……そうかな。ありがとう」

頬杖を突いた彼がどこか投げやりな様子でグラスについた水滴を拭《ぬぐ》ったので、直は不安を覚えた。いつもにこやかな彼の変化は、もしかしたら地雷を踏んだせいだろうか。

「すみません、名前、聞いたらだめでしたか？」

「どうして？」

「どうしてって、あの、いつも……」

そこで我に返り、直は口籠もる。

「いつも、何？」

「いえ、何でもないです」

危うく、いつもカードを作ってくれないから、などと馬鹿正直に言うところだった。そんなことを口にすれば、直が王子ならぬ瀬南のことを意識していると見抜かれかねない。

「――君は、どういう字を書くの？　スナオって、砂に生まれるとか？　尻尾《しっぽ》の尾？」

彼の表情が、普段のようにふわりと甘くなる。

身を乗り出すようにして彼が聞いてくれたので、たとえポーズだけでも自分に関心を持ってくれているみたいで面映《おもは》ゆかった。

「いえ、正直のなおで、直です。叶沢直」

「えっ！　叶沢って……？」

突然、彼が驚いたように声を詰まらせた。

叶沢という名前にこんなに反応されたのは初めてで、直はぎょっとしてしまう。

「はい。あの、何か問題ありますか？」

「直って苗字じゃなかったんだ？　ごめん、馴《な》れ馴れしく直くんなんて呼んじゃって」

「ああ、そっちですか」

直はほっとして詰めていた息を吐き出した。

「うちの店、金沢《かなざわ》さんがもう一人いたんです。僕よりも先輩で。青柳堂に戻った、眼鏡かけた背の高い男の人なんですが、ご存じありませんか？」

「さあ」

あまり関心がなさそうに彼は答えて、テーブルの上に右肘《みぎひじ》を突いてそこに顎《あご》を載せる。

「とにかく、あの人がいたから僕が直なんです。わかりにくくてすみません」

「いや、僕こそ悪かった。いきなり名前で呼んだりして、気持ち悪かったんじゃない？」

だいぶ反省したような顔をされてしまい、直は慌てて首を左右に振った。

気持ち悪いなんて、絶対にない。たぶん、ものすごく彼に興味を持っている自分のほうが、何十倍も気持ち悪いだろう。

「いいんです。みんな直って呼ぶから。実際、間違えてる人もすごく多いです」

こんなに否定したら変だろうか？　他意があることに、気づかれてしまうかもしれないとひやりとし、直は上目遣いに相手を見やった。けれども彼は気にしない素振りで、にこやかに笑っている。

「じゃあ、僕が直くんって呼んでも、たいして特別感もないのか。それはそれで、ちょっと残念だな」

相手の言葉が少し引っかかったが、彼はそれに触れさせることなくさらりと続ける。

「アンジェリカはバイト？　学生だよね」

両腕を組んでテーブルに載せて、彼は少しだけ身を乗り出すようにして話を聞いている。

「はい。湯嶋さんに誘ってもらったんです」

「湯嶋さんって、あのショートカットの子？」

「そうです。僕のこと、心配してくれて……誘ってくれたんです。僕が、すごく、だめだから」

だから、少しでも長く話しているとぼろを出してしまい、彼にも嫌われてしまうかもしれない。それが不安だった。

「だめって、どの辺が？」

「あんまり上手く話せないところとか」

「僕とはちゃんとしゃべってるじゃない」

あ、と直は目を瞠《みは》った。

本当だ。

本の話題じゃないのに、ちゃんと間が持ってる。それに、会話のキャッチボールだって上手く成立している気がした。何よりも、いつもより緊張していない。

たぶん、彼が細かく質問を重ねて、直が答えやすいようにしてくれるせいだ。

「それは、きっと……瀬南さんがしゃべりやすいからだと思います」

「嬉しいな」

彼が目を細めるのが本当に嬉しそうで、胸がじんわりと熱くなる。

どっどっと鼓動が早くなってきた。頭の中でわんわんと音がしている。

今なら、聞けるだろうか。瀬南の仕事とか、普段はどうしているのかとか。

聞け。聞かなくては。

そう思うのに、舌が凍りついたように動かない。

だって、贅沢だって知っているんだ。思いがけない幸運の結果だと。

自分は変、なのに。人と上手くつき合えないのに、調子に乗ってこれ以上踏み込んだら、絶対失敗する。

それは嫌だ。

「そうだ。僕のこと光瑠って呼んでくれないかな」

出し抜けの依頼に、直は目を丸くする。

「どうしてですか？」

「君のことを直って名前で呼んでるし、固有名詞だから」

「……？」

意味がわからずに、直は首を傾げた。

「僕だけの記号だから、君にはそう呼んでほしい。もちろん、君さえよければ、だけど」

「だって……お客様、ですし」

「じゃあ、今みたいなプライベートの時間だけっていうのは？」

「…………」

だめ、とは言えなかった。だけど、なんだか気恥ずかしくて、言葉にできない。

「すぐに決められないなら、保留でもいいよ」

光瑠さんかあ……。

胸の奥がきゅんと痛くなるような感覚が込み上げ、直は頬が緩みそうになるのを堪えた。

それならば曖昧《あいまい》にしておこうと思ったところで、「お待たせしました」というやわらかな声が傍《かたわ》らから聞こえてくる。通路に立った制服姿のウエイトレスが、ホットケーキとシーフードドリアの皿を手際よく並べていく。

「美味しそうだね。君のホットケーキ、金色だ」

フォークを手に取った光瑠が言ったので、直は「はい」と頷いた。

「ホットケーキ好きなんです」

「自分で焼くの？」

「焼きます。あ、だけど炊飯器でホットケーキ作ることも多いから、焼くっていうよりはただの加熱かも」

「炊飯器で？」

「はい、ふっくらして綺麗にできるんですよ。焦げ目も均一で」

「知らなかったな。どっちにする？　メイプルシロップと蜂蜜」

「もちろん蜂蜜です！」

選ぶまでもなく、大好物は蜂蜜だ。たっぷりのバターの上に、蜂蜜をかける。

「え…蜂蜜、好きなの？」

「大好きです」

ナイフで三枚重ねたままのホットケーキを切って、ふかりとした切れ端を口に運ぶ。

「美味しい！」

ホットケーキを上手く焼くには温度設定が難しいので、家ではなかなかここまでふんわりとは焼けないのだ。

こんなふうにむしゃむしゃと甘いものを食べる直が珍しいのか、彼は目を細めた。

「いい食べっぷりだ。——そうだ。頼みがあるんだ」

「何ですか？」

にこりと笑った彼は、それから気づいたように、「メールアドレス教えてくれないかな」と切り出した。

——どうして？

何か用事があれば、アンジェリカに来ればいい。

もしかしたら、普段から直に文句があるけど面と向かっては言えないとか？

光瑠本人から、長文メールで苦情が来たらどうしよう。

それはさすがにショックが大きすぎる。

「あ、あの、ご意見ご感想はアンジェリカのホームページにメールフォームがあります」

「意外とガード堅いね。個人的にメールアドレスを教え合うのも禁止？」

「へっ？」

どういう、意味だろう。

きょとんとする直を真っ正面から見つめ、彼はにこやかに笑った。

「じつは君にまたお勧めの本を聞きたいんだけど、しばらく仕事が忙しくて来られなくなっちゃうんだ。だから、メールで聞ければって思って」

「…………」

「あれ？　どうしたの？　聞いたらだめだった？」

「──謝ろうと思っていたんです。あんな本、勧めちゃって」

「どうして？」

意味がわからないという様子の光瑠の反応に、直はいっそう挙動不審になった。

あの、あの、と何度も口の中で唱えてから、勇気を出して顔を上げる。

「だって、今頃『桜の森の満開の下』なんて勧めちゃって……すごく外してます」

「そうかな？　斬新な意見だったよ。どうしてそこに辿《たど》り着いたか知りたいな」

「えっと……」

自分の想像がぽんぽん飛躍した結果なのだが、言ったら馬鹿馬鹿しいって笑われないだろうか。さんざん躊躇った末に、直は口を開いた。

「……暑かったからです」

「え？」

「本当なら夏っぽいものを勧めるんでしょうけど、それじゃ、月並みかなあって」

「それで、あの本？」

直が正直に『蠅の王』や『怪談』を想定して一周回ってああなったと伝えると、彼は肩を震わせて笑った。

斬新って褒められたのはわかるし、悪意は感じない。でも、変な奴だと言われたみたいで、ものすごく恥ずかしかった。

「すみません、斬新すぎて」

「謝ることじゃないよ。その証拠に、僕には面白かった。だけど、そうだね。ほかの人には、もっとマイルドなわかりやすい道筋で勧めてもいいのかもしれない」

――あ。

ふわふわのホットケーキの上に乗っていたバターが溶けだして、しょっぱい味が口いっぱいに広がるみたいに、少しだけ厳しさのスパイスを振りかけてくれる。

けれど、それは、嫌じゃない。

そこにあるのは、彼なりの気遣いと思いやりだとわかるからだ。

甘いだけじゃなくて、直に真剣に向き合おうとしているのだ。

それも、直が受け取りやすいかたちで。

だからよけいに、光瑠の台詞の端々に籠もった甘みが引き立つのかもしれない。

「僕は今のままで大歓迎だよ。君のお勧めは、おもちゃ箱みたいで面白かった。何が出てくるかわからないところが。だから、個人的に聞きたかったんだ」

「あの、それ……褒めてくれてますか？」

「もちろん。君はすごく頭の回転が速いんだね」

「僕が？　そんなことないです。むしろ、何考えてるかわからないって言われて」

「それは君が、自分の思考を点と点で表してるからじゃないのかな。今の解説はすごくわかりやすかったよ」

言われてみると、そのとおりかもしれない。

家族で食卓を囲んでいるときも、たとえば母がニュースで見た火事の話をしているのに、直はいきなり扇風機を買い換える話題をして彼女を戸惑わせた。

今はすっかり慣れているようだけれども、きっと、変な子を産んでしまったと思っているに違いない。一人暮らしは淋しいものの、家族のストレスになるのはもっとつらかった。

直の中ではあらゆるできごとが結びついているのだが、その系統樹が母には理解できなかったのだと思う。

千春とならば多少話が繋がるのは、直の話題が右や左に移り変わっても、彼女には自分の話したいことがきっちり決まっているため、そこからぶれないせいだ。

「相手がわからない顔をしたら、点と線を繋いで解説してあげればいいと思うよ」

「そうですね……うん、そうなのかも」

こういうの、反則だ。

光瑠が自分のことを考えてくれるのが、嬉しい。嬉しくて嬉しくてたまらない。

そのせいで頬が火照ってくる。

「もしかしたら、最初にカステラや蜂蜜の話をしたのもそのせい？」

「覚えていたんですか？」

「忘れないよ。こんなに可愛い子にいきなり、カステラはどこのお店が好きですか、なんて言われたんだよ。インパクトありすぎ。それに、蜂蜜カステラが好きだって言われて……僕はすごく嬉しかった」

インパクトがあるのはわかっても、嬉しかったっていうのはなぜだろう？

そこまで聞いてみたかったが、彼がさくさくと話を進めるので、口を挟めない。

「だから、君が僕にあの本を勧めてくれた経緯も、すごく興味深かったよ。この歳《とし》になると、昔読んで面白かったものでも読み返す機会はあまりないんだ」

「この歳って、そんなに離れてるようには見えませんけど。瀬南さん、いくつですか？」

「光瑠さん」

「み、光瑠さん、いくつですか？」

呼び方を訂正されて、直はどきどきしつつ彼の名を口にする。

舌先も痺れるくらい、甘くて綺麗な響きだった。

「二十八。君は？」

「僕は二十歳です」

「ああ、大学生なんだ。司書志望とか？」

「単位は取ってるけど、実際には難しいと思います」

直のここ最近で一番のお勧め本を力説したりしているうちに、簡単な食事は終わってしまった。スマートフォンを取り出して、彼はぱっぱっと手際よく操作をする。

「直くん、駅はどこだっけ？」

「田端です」

「電車、復旧してるね。終電の時間が延びたみたいだ。今から行けば間に合うよ」

「あ、ホントですか？」

「うん。僕も余裕で間に合いそうだ」

ちょうど二人とも食べ終わったタイミングだったので、これから店を出られる。

「それで、メールアドレスはどうかな？　だめ？」

「いえっ、そういうことなら大歓迎です！　じゃあ、赤外線でいいですか」

ふと、彼が躊躇った。微かに眉《まゆ》を寄せて、まるで怒ったみたいな、むっとしたみたいな、それでいて悲しんでいるような表情になる。

何かいけないことを言っただろうか、と直は戸惑ってしまう。

「――教えてくれたら、こっちからメールするよ。携帯新しくしたばかりで、赤外線がよくわからないんだ」

すぐに彼は気を取り直し、やわらかな笑みを浮かべる。

赤外線がわからないなんて、そんなことあるのだろうか？

確かに携帯電話は日々進化しているが、自分の使いたい機能がどんなものか知っていれば、ある程度直観的に操作できる。けれども、そんなことを突っ込むのは無粋だと思ったので、彼が出した手帳の端に自分のメールアドレスを書いた。

「あとでメールをするよ。行こうか」

どうせ社交辞令だと思いつつも、それでもいい。

今夜は一歩彼に近づけた、記念すべき晩なのだから。

駅までは、いつもだったら距離がありすぎる、もっと駅に近ければいいのにと思うのだが、今日は違った。

一歩一歩が貴重で、一秒一秒が惜しい。

「直くんの私服、初めて見た。年相応でいいよ」

「あ、ありがとうございます」

どう答えればいいのかわからないので、とりあえず、お礼を口にする。

「もう一つだけ、僕からお願いしてもいいかな」

「えっと、何ですか？」

「髪、触っていい？」

「髪？」

髪を触りたいなんて、あまりにも突飛な発言で、だけど、そこがまた彼らしくて面白かった。

もしかして、美容師とかそういった職種なのかもしれない。美容師だってチェーン店なら、打ち合わせや会議もあるだろう。それならば平日来られるのも納得がいった。

「やわらかそうで、気持ちよさそうだってずっと思ってたんだ。実家の猫みたいで一度撫でたいなって」

「それくらい、いいですよ」

立ち止まった光瑠は、向かい合わせの直の髪を摘《つま》んで「うん、やわらかい」と呟く。

「ずるいな。こういうときだけ、ガード下げちゃうんだ」

伏し目がちにした表情がやけに綺麗で、直はそれに見惚れた。

「え？」

「ううん、何でもない。急ごうか」

光瑠が歩きだしたので、直も彼の背中を追いかけた。

電車に乗ってもなお、直は夢見心地だった。

終電が遅れたせいか電車は混んでいたが、今のできごとがいつまでも尾を引いていて。珍しく車内で本を読む気分にすらならずに、直はにやけそうになるのをひたすら堪えていた。

これまで片想いしていた相手と食事をし、メールアドレスまで交換してしまった。正確にいえばメールアドレスを押しつけただけかもしれないが、これってものすごい進歩だ。

じーんとしていると、携帯電話がポケットの中で震える。

メール着信あり。

どきどきしながらキーを操作すると、瀬南からのメールだった。

すぐに開けるのがもったいなくて、しばし躊躇ってしまう。

だって期待しているのは自分だけで、あっちからはものすごく素《そ》っ気《け》ない事務的なメールだったら？　あるいはやっぱり苦情だったら？

受信トレイは最初の一行だけ見える設定にしてあるが、そこには『今日はありがとうございました』というあたりさわりのない一文が見えるだけだ。

――えい！

思い切ってメールを開封し、直は携帯の画面を十センチくらいに近づける。視力は人並みだったが、瀬南のくれたメールならば一言一句見落としたくなかったのだ。

『今日はありがとうございました。初めて直くんとゆっくり話せて、とても楽しかったです。勧めてもらった本、早速読んでみます。気をつけて帰ってください。瀬南光瑠』

文面はありきたりだったが、最後に紹介した本を読むと約束してくれているあたりが、ものすごく好印象だ。

瀬南光瑠——セナミミツル。

うわあ、と直は感動に目を瞠った。

想像していたけれど、こうして文字情報としてみると、その名前の美しさは際立った。

こういうのはさくっと返事を出すべきだ。

返信作成ボタンを押し、直は一言一言考えながら返事を書き始めた。

好きだっていう気持ちを匂わせてはいけないと、絵文字や顔文字はあまり使わない。ハートマークなんてくっつけた日には、絶対気持ち悪いと思われる。

『こちらこそ、今日はご馳走様でした。ゆっくりお話しできてとても楽しかったです。またお店に来てくださいね』

本当はもっと書きたいことはあった。

『重力と恩寵』は面白いですか、とか、いろいろ。

けれども、友達未満での関係ではどこまで聞いていいのかがわからない。

そうじゃなくても、直は人づき合いが不得意科目なのだ。

他人との距離の取り方がへたくそなぶん、誰かに好意を抱くのも苦手で、いつも仄《ほの》かな憧れで終わってしまう。

思い出すのも惨めな歴史だ。

初めて憧れた相手は、小学校の担任の先生。次は家庭教師をしてくれた大学生。その次は塾講師。

要するに全員、男だった。

たまたま直の周囲の異性が、癇性《かんしょう》で苦手なタイプが多かったせいかもしれない。逆に同性の大人たちは、たいていが優しく忍耐強く自分に接してくれた。だから彼らに自然と憧れるようになったけど、今思えば、皆は仕事だからつき合ってくれたのだ。穏やかで怒らないのも、子供の繰り言を聞いてくれるのも、仕事のため。

なのに、直は何度も勘違いしてしまった。

口べたで本を介在しないと他人と上手くコミュニケーションを取れないがゆえに、誰かに相手にされるのが嬉しくて、うっかり彼らに憧れてしまい、当然のように告白すらできずに失恋する――という悪循環の繰り返しだった。

いや、失恋ですらない。恋にもなりきれないような、そんな曖昧な感情ばかりだ。

未熟な直の好意に気づくと、彼らはいつも気まずい顔をする。あるいはわざとらしく自分の彼女を紹介して、牽制してくる。

素敵な年上の男性の傍らには、当然のように素敵な女性がいるんだ。

そのありきたりの方程式に気づくのに、十年もかかった。

すっかり懲りたはずなのに、光瑠に対して抱いている感情は、憧れよりも一歩進んだものだ。

でも、これ以上はだめだ。

だって、憧れの『王子様』と友達になれたじゃないか。

いや、友達というのは無理があるかもしれないけれど、これまでよりもぐっと近づいた。

それだけでも身に余る光栄であって、このあたりで我慢しなくてはいけない。

これ以上を願うのは、絶対に罰が当たってしまうから。

今のまま、このままで十分。その証拠に、光瑠に会えた余韻で世界が輝いている。

暗い車内が一気に明るくなったような錯覚さえ感じて、思わず直の口許が綻んだ。

3

メールなんて、本当はただのデータの集合体だ。

0か1でできあがった、デジタルなもの。

なのに、光瑠から教わったメールアドレスが宝物のように思える。そして、届いたメールを絶対に消したくなくて、保護したうえにちゃんと「瀬南さん」フォルダを用意してそこに保存した。

おまけに、光瑠からのメールはそれから何度も送られてきた。それに対して、直もしつこくない程度に返信しているつもりだ。

思わず鼻歌が飛び出してくるくらいに、人生はまさに薔薇色《ばらいろ》。地に足が着かない気分だ。

そんなわけで一気に明るい気分になった直だったが、日常生活には目に見えた変化はなかった。当たり前だ。ただ恋をしているというだけでは、気分が明るくなるくらい。生活上ではそれ以外の変化はさほどないけれども、そんなことは関係ない。

「ありがとうございました」

最後の男性客を送り出したあと、アンジェリカでは急いで店内の清掃を済ませる。このときは私服に着替えたほうが効率がいいし、動きやすかった。

ポロシャツにパンツというシンプルな服装で、直がお気に入りのメロディを口ずさみつつ床をモップで拭いていると、すすすっと千春が近づいてきた。

「ねえねえ」

「何ですか、湯嶋さん」

注意していたせいか、今日は先輩と言わずに済んだ。

「直くん、最近、やけに明るいよね」

カウンターで伝票を整理していた千春が出し抜けに告げたので、「えっ」と直は声を上擦らせた。

「何かいいこと、あった？」

「な、何かって……何も……」

しどろもどろになる直を見て、千春はくすっと笑う。

どうせ見ていればわかるのだろうに、それをあえて直の口から言わせたいらしい。

「まあ、いいや。武士の情けで聞かないであげる」

千春みたいに若い女性が武士と言うと、アンバランスで逆に新鮮みがある。眩《まぶ》しげに目をしばたたかせる直に、千春は「あ」と呟いた。

「どうしましたか？」

「それより、あさってからＳＦフェアだよ。予習してる？」

「えっとまあ、それなりに」

ＳＦは得意分野ではないため歯切れが悪くなり、直はモップの柄をぎゅっと摑んだ。

明日は早じまいしてＳＦフェアに備えて本を入れ替えたり店内の装飾を変更したりと、いろいろ用意が目白押しの予定だ。

「ＳＦは奥が深いもんね。頑張らないと」

「奥が深いのは、ＳＦだけじゃないです」

「それもそっか。いいこと言うね」

アンジェリカでアルバイトをするようになって改めて学んだのは、愛好家というのはものごとをとことん突き詰める性質にあるということだ。もちろん、直も本は好きなのだが、あれこれと手当たり次第に乱読するタイプなので、同じ本は一度しか読まないことが多い。理解できなかったり忘れていたときには読み返すが、その程度だ。

しかし、今のままではそのジャンルの愛好家に出会ったときに、会話が成立しなくなってしまう。実際に、先月の幕末フェアのときは大変だった。小説としての面白さだけでなく史実をどこまで理解し記憶しているかが問われ、直には猛省させられる事態となったのだった。

特に近頃は歴史に詳しい若い女性も多いので、生半可な知識ではやっていけない。接客が上等なだけのカフェなら、東京中にいくらだってある。アンジェリカの売りは、店員が持っている知識というプラスアルファの部分なのだ。

その分野を好きな人の気持ちを尊重するなら、猛勉強するか、口を挟まないで己をわきまえるか、そのどちらかがいい。中途半端は一番よくなかった。

掃除を続けていた直は、書棚に何か違和感がある気がしてそこで足を止める。

……あれ？

普段から本を貸し出しているので、隙間ができるのは当然だ。それに、空いているのはこのあいだの坂口安吾の『桜の森の満開の下』があったところだ。

あの日、光瑠はこの本を借りていかなかったから、珍しいことにそのあと貸し出しがあったらしい。こんな時期に珍しいな、と思いつつ直は再度掃除を続けた。

「じゃ、失礼します」

千春と肩を並べて歩きだしたそのとき、「ねえ」と脇腹を突かれた。

「はい？」

「前から思ってたんだけど……直くん、鎌田さんと友達？」

言いづらそうな調子に、直は首を傾げる。どうしてそんな誤解をされたのか、謎だった。

「鎌田さん？　ううん。仲いいのは店長でしょ」

「だよねえ」

今日も店長とは稀覯本の話題をしていたし、そんな話にはついて行けない直には鎌田だって興味がないはずだ。

「何かあったんですか？」

「直くん。このあいだから、後、つけられてるみたいなんだけど」

「え？」

まるで映画やドラマみたいで、一瞬、理解できなかった。

「一緒に帰ってるとき、気づいてなかった？」

「全然。それ、湯嶋さん目当てじゃないですか？」

要するにストーカーもどきということだろうか？

そう言うと、千春は「まさか」とけらけらと陽気に笑った。

「私一人のときは、何もないよ？　家の周りうろうろされたりとか、何かない？」

「特に、何も」

思い当たる節は皆無だ。

駅から下宿までは商店街を左折して閑静な住宅街を抜けていくが、不安な思いをしたことは一度もない。

「うーん、偶然かなあ」

「僕一人のときは何もないし……気のせいだと思いますよ」

「でも、防犯はしっかりしておいたほうがいいよ。直くん、可愛いし」

「だから、可愛いはやめてくださいよ」

言われてみれば、店の外——書店やショップで鎌田の顔を見たこともあった気がする。

しかし、鎌田は口べただけれども思い詰めるようなタイプには見えない。たまたま同じ店で何か用事があるとか、そういうタイミングが重なっただけだろう。

「そう？　間違ってないよ。恋をしてるからよけいに、可愛さに磨きがかかってきたかも」

「こ……」

絶句する。

もちろん、恋はしている。光瑠のことは好きだ。だけど、それを誰かに指摘されるのが、こんなに恥ずかしいことだったなんて。

「いいじゃないの、恋愛中のほうが張りがあるよ」

「だって、べつに張りが欲しくて、誰かを好きになるわけじゃないです」

「わかってきたじゃないの」

「馬鹿にしないでください」

むうっと口を尖らせて直がそう言うと、千春はころころ笑った。

ただ、好きだから。好きでいられるだけでよかった。

「あれ、直くん？」

その翌日
アンジェリカからの帰り道、夕暮れの大通りを歩いていると、親しげに声をかけられる。

駅の方角からやって来たのは光瑠だった。

微かに語尾を上げる発音が、なんだか気安い感じがしてくすぐったい。

おまけに、自分を見つけ出してくれたんだ。こんなにたくさんの人の中から。

「瀬南さん」

今日の光瑠は薄手のジャケットを脱いで手にしており、相変わらずノーネクタイ。やはり、堅気の会社員にはどうしたって見えない。

本当に、この人はいったいどういう職種なんだろう？

直にはまったく見当もつかなかった。

「もしかして、今日、もう仕事が終わったの？」

穏やかな口ぶりで問われ、直は緊張しつつも首を縦に振る。

「はい、今日は早じまいだったんです」

何となく居住まいを正したほうがいいように思えて、直はぴんと背筋を伸ばす。斜めがけにしていた帆布製の鞄のベルトが捻《ねじ》れていたので、面倒くさがって直さなかったことを反省し、さりげなくそれを直した。

「そうだったんだ……残念だな。久しぶりに君の顔を見たかったのに」

彼はすこぶる残念そうな顔つきになる。

確かに、彼はしばらく店に来られないから、直のメールアドレスを知りたがっていた。今日は久しぶりにアンジェリカに来店するつもりだったようだ。

「今、会えましたよ？」

「え？　あ……そうか」

光瑠はくすりと笑った。

「すごいな。ポジティブシンキングなんだね、直くんは」

優しく笑われたことに嬉しくなり、直は頬を染める。いくら秋葉原が電飾の多い町だといっても、この時間帯ならば自分が赤くなってしまったこともはっきりとはわからないはずだ。

「そうじゃないけど……」

口籠もってしまうけれど、褒められると嬉しい。

自分が少しでもポジティブになれたのだとしたら、たぶんそれは光瑠と会えたからだ。

邪魔にならないように光瑠が歩道の車道側に避けたので、直もそれに倣う。

「すぐにそんな言葉が出てくるなんて、根が前向きな証拠だよ」

前向きなんて、そんなふうに褒められたのは初めてだった。

そう言った光瑠はちらりと腕時計に視線を向ける。

「せっかくだから、どこか入らない？　それとも、急いでる？」

「すみません、僕、買い物があるんです」

「そうなんだ。本屋さん？」

「いえ、駅前の電器屋さんです。防犯グッズ買おうと思って」

そう言った直が近くにある量販店の名前を挙げると、にわかに光瑠が表情を曇らせた。

「防犯って、どうして？　お店で何かあった？」

「個人的にです。最近、ちょっと……」

とても親しいわけではない相手に、プライベートの事情を口にするのは憚《はばか》られた。もう少し親しくなりたいとは思うものの、まだ、ただの知り合いというレベルだ。ここでいきなり自分の内情を口にしたら、引かれるかもしれない。

いかにもおとなしそうな鎌田を警戒したうえ、ちょっと気持ち悪いから防犯ブザーが欲しいなんて、自意識過剰だと思われてもおかしくなかった。

実際、ストーカー対策のホームページを見ても、「もしかしたらあとを尾《つ》けられているかも」くらいでは実効性のある手を打てそうになかった。そもそも、千春は気づいていても肝心の自分は気づいていないのだから、どうしようもない。

「何か困ってることがあるなら、相談に乗るよ」

「だけど」

「頼りないかもしれないけど、年上だよ。それなりに経験値はある。信用ないかな？」

……反則だ。その淡い色の瞳で心配そうに見つめられたら、胸が苦しくなる。

「すみません、あの……うちのお店、従業員とお客様が個人的に親しくするのは禁止なんです」

こうした従業員と客の距離が妙に近くなる店では、その境界線がきっちりしていないとトラブルに発展する可能性もある。秋葉原のメイドカフェなどでは、そのあたりが線引きされているという話だった。

だから、店長の早川も、稀覯本にどんなに関心があったとしても、あの鎌田とは一線を引いているのだ。

鎌田だって同じ古書マニアの早川を追いかけてくれればいいのに、どうして自分なのかまったくもって謎だ。

「じゃあ、今から友達になればいい」

「友達……？」

カフェの客とスタッフではなく友達同士であれば、問題がないということらしい。

「そうだ」

「僕が、瀬南さんと？　いいんですか？」

「うん。嫌かな？」

「嬉しいです！」

ついつい声を上げてしまい、何ごとかと通行人が二人に視線を向ける。

「あ、でも……」

「嬉しいなら、それで決まりだよね。じゃあ、教えてくれる？」

店のルールを思い出して断ろうとしたが、畳みかけられてしまえば拒みづらい。上目遣いに瀬南を見やった直は、やがて観念して口を開いた。

「あの、あまり大きな声じゃ言えないんですけど、店の帰りに駅まで後をつけられてるみたいで……」

「駅って、田端まで？」

「ううん、秋葉原までです。僕は気づいてなかったけど、湯嶋さんが教えてくれて。エスカレートしたら困るなって思って、予防に」

「困るどころの話じゃないよ、それは。犯人はわからないの？」

光瑠のまなざしは真剣で、茶化したりする様子はまるでない。

「一応、お客様に心当たりがあるって、湯嶋さんが」

「そうか。君に何かあるのは、心配だな」

「大袈裟《おおげさ》です。念のため防犯ブザーを買っておこうと思ったんです」

何かあったとしてもすごく大きな音が出れば相手も驚くし、警戒されていることを悟って諦めてくれるかもしれない。

「対策、ほかには立ててる？」

「合気道でも習おうかと」

「今から？」

「はい」

大真面目に頷いた直を見やって、光瑠はくすっと笑った。

「君、本当に面白いね。こんなこと言うと、悩んでいるのに申し訳ないけど」

「面白い？　僕が？」

「そう。ほかに誰がいるの？」

「だって、面白いなんて言われたの初めてです」

いつだって、暗くて面白みのない人間として扱われてきた。虐《いじ》められなかったのは、虐めたくなるような興味さえ引かなかったからに違いない。

だからこそ、光瑠の反応は想定外だった。

「面白さの概念は、人それぞれだからね。芸人みたいなことを言えば面白いと感じる人もいれば、自分にない感性を持つ相手とのコミュニケーションが面白いと感じることもある。僕は後者で、君とのこういう会話を好ましいと思ってるんだ」

外見に似合わずにやけに堅苦しい言葉に、直は首を傾げる。

『重力と恩寵』を読んでいたし、光瑠は見かけによらずお堅い性格なのだろうか。

「…………」

「ん？　何か変なこと、言った？」

「いえ、み、み、光瑠さんこそ面白いことを言うなあって思って」

やっぱり、まだ名前で呼ぶのは慣れない。

「そうかな？」

「すみません、失礼でしたか？」

「いや、安心したよ。僕とずっと一緒にいても、君は飽きないってことだろう？」

「飽きる？」

反射的に聞き返してから、引っかかるところはそこじゃないと思い直す。

ずっと一緒にいても、と言われた。どういう意味だろう。深読みしてもいいんだろうか？

「そう。人間って惰性になるから」

そういう光瑠の個性も、直には眩しくも心地よい。

「じゃ、ブザー買いに行こう。僕なりの目線から、迷ったら意見を言うっていうのはどうかな」

「……なら、お願いします」

一人だったら迷ってしまって、どんなものが欲しいのか決めかねてしまいそうだから、渡りに船だ。何よりも、光瑠と少しでも関わりを持てるというのは嬉しいことだった。

光瑠と連れ立って家電量販店に入ると、店の入り口で呼び込みをしていた携帯電話の販売員の女性が一瞬、目を止めるのに気づく。

空気でわかる。誰もが目を惹《ひ》かれる美形というほどではないが、光瑠には妙なオーラというかインパクトがあるのだ。

防犯ブザーの売り場は思ったより広くて、直は陳列された商品を前に悩んでしまう。

「何か好みの銘柄とか、ある？」

「ブザーなんて、全然です」

「だったら鞄の中で見つけやすいものがいいよ。それから操作が簡単で、軽いもの。ブザーって基本は相手が驚けばいいんだし」

「はい」

そんな視点で三つほどの候補を挙げ、光瑠と検討したうえで直は一番安いものを買った。鎌田ストーカー説は千春が唱えたもので、直自身はあまり深刻に捉えていなかったからだ。あまり高額な出費は避けたかった。

「ねえ、お腹空いてる？　今日は賄いは食べた？」

「いえ、昼は出ましたが早番でしたし。またホットケーキでも作ろうかなって」

首を振る直に、彼は白い歯を見せて笑った。

「ホットケーキばかりじゃ栄養が偏っちゃうよ。適当に入ろうか」

「あの、それなら今日は僕がご馳走します。買い物につき合ってもらったし」

「僕が好きで君についてきたんだよ。君と一緒にいたかっただけで、義務でも何でもない」

「………」

そう言われると、答えようがない。

おまけに他意がないのだろうけれど、光瑠の言葉は窒息しそうなくらいに甘くて、免疫のない直にはかえって毒だ。そうでなくとも、直のほうは光瑠に下心も他意もありすぎて、自分でも恥ずかしいくらいなのに。

「どこかいいお店、知ってる？」

「いえ、僕は、全然」

希に職場の皆で食事をすることはあるが、チェーンの居酒屋かファミリーレストラン、あるいはカラオケが関の山だ。時々は偵察と称して近隣のメイド喫茶やその派生業態の店に出向くこともあったが、そのくらいだった。

「僕もあまり知らないけど……ああ、そうだ」

「何かありますか？」

「うん、チェーンなんだけど知ってるお店が駅ビルに入ってたな。和食は平気？　さすがにホットケーキはないと思うけど」

「和食も大好きです」

「だったら、行こう」

　ぽん、と背中を叩かれる。

「……はい！」

　信じられない。

　さっきから胸がまさに早鐘を打っている。

　ただ好きな人と一緒に歩ける、それだけなのに、地に足が着かないみたいだ。

　ほんの一月前の自分だったら、こんなふうに光瑠と肩を並べて歩く日が来るなんて、想像もしなかっただろう。

　光瑠は決して早い足取りではないのに、すいすいと泳ぐように歩く。

　人を押し退《の》けることも掻《か》き分けることもなく、彼の周りの空気だけが比重が違うみたいだ。

「ここだよ」

　連れていかれた先は、新しい駅ビルの六階にあるダイニングバーだった。たまに直が行くような居酒屋よりはだいぶ高級なところで、いかにもな普段着で来てしまったことが、少し恥ずかしくなる。

　しかも店内は照明をずいぶん落としてあって、かなり雰囲気がある。客層もカップルが多く、男二人なのは接待と思《おぼ》しきサラリーマンくらいだった。

要するに、大人の世界というものだ。

「どうぞ」

カウンターに腰を下ろすと、スツールは高すぎて直には足がぶらぶらする。

「ちょっと座りづらいね」

一見すると不自由はないようだが、光瑠も微かに顔をしかめた。おかげで彼は何もかも格好いいだけじゃないんだと親近感を覚えた。

「少しだけ。素敵なお店ですね」

「よかった。気に入ってもらえた？」

「もちろんです。ちょっと、敷居が高いけど」

「大丈夫だよ。飲み物、お酒でいい？」

「はい」

ビールも日本酒も苦手だったので、直はグレープフルーツサワーを選ぶ。

「何か食べたいもの、ある？」

「ええと……」

料理のメニューを見せられた直は、絶句した。

高い。

お酒も高い気がしたが、料理はそれ以上だった。刺身盛り合わせが三百八十円の居酒屋に慣れている直にとって、二千五百円の刺身というのは飲み会一回ぶんの会費だ。

ど、どうしよう……。

「あ、あのっ」

「何？　グレープフルーツサワーじゃなかった？」

ウエイトレスと会話を終えた光瑠が首を傾げたので、直はぶんぶんと首を振った。

だめだ。飲み物をオーダーしてしまった以上は、ここで帰りますとは言えない。

――いいや。

幸い少しばかり貯金はあるし、何冊か本を諦《あきら》めて来月に回せば乗り切れる金額のはずだ。

それに、せっかく光瑠とデートコースの見本みたいに素敵な店に来ているのだ。

料金ぶん、思い切り楽しめなくてはもったいない。

どうせお金を払うのであれば、多少の金額の差はここまでくると誤差の範囲だ。

かちっと頭を切り替えた直は、腹を括《くく》った。

「何が食べたい？」

「サラダと、あとはお豆腐がいいです」

「刺身の盛り合わせは？　あ、それより肉のほうがいいかな？」

「うーん、刺身より、僕、こっちの炙《あぶ》りっていうのを食べてみたいです」

「それはいいね」

光瑠は頷くと、直の要望をもとにオーダーをまとめてしまう。彼はてきぱきと六、七皿の注文をし、いいタイミングで運ばれてきたアルコールで乾杯をした。

オーダーをするまでは緊張していたので、ここでやっとリラックスできた。

「今日はありがとうございました」

「どういたしまして」

光瑠は嬉しげに笑うと、箸《はし》をぱりんと割った。お通しの胡麻《ごま》豆腐に、箸で器用に切れ目を入れる。びっくりするくらいに、優美な箸遣いだった。

「今度SFフェアをやるんだって？」

「はい、明日からです。よかったら来てみてください。関連図書を一気に並べますから」

本の話題だったので、直はにわかに饒舌《じょうぜつ》になる。

「SFは高校生以来だ。楽しみだな。じゃあ、今読んでるのはSF？」

「いえ、ギリシア神話です」

「ギリシア神話？」

「授業でレポートが出てるんです」

しばらくは店のこととか、テレビのニュースとかあたりさわりのない話が続く。

やがて注文された料理が運ばれてきた。

光瑠は手際よく大根のサラダを取り分け、綺麗に盛りつけてくれる。

恐縮しつつも受け取った直は、それを食べて目を丸くする。

「美味しい？」

「はい！」

大根がしゃきしゃきしているし、野菜が新鮮なのだろう。ドレッシングも美味しいし、直の苦手な化学調味料の味がしなかった。

「直くんって一人暮し？　自炊するの？」

「一人暮しです。自炊は、ホットケーキくらいなら」

「本当に好きだね、ホットケーキ」

おかしげに笑いつつ、彼はサラダのミニトマトを口に入れる。

「だったらよけい、一人で帰るの怖いでしょ」

「怖いって、僕、男ですよ」

「男の子だって怖いものは怖くない？」

「そうですけど」

誘導尋問というよりは強引に「怖い」という言葉を引き出されて、直は戸惑った。

いったい何を言わせたいんだろう？

おまじないの壺《つぼ》でも売りつけたいとか？

「じゃあ、ここから本題」

「はい」

「毎日は無理だけど、お店の帰りに秋葉原の駅まで送り迎えさせてくれないか？」

「へ」

どうして、と直は目を丸くする。唐突すぎる申し出に、脳が理解を拒んでいた。

「意味がわからないって顔、してるね」

光瑠は悪戯《いたずら》っぽい表情になるが、声は真剣そのものだった。

「すみません、実際によくわかりません」

「君のことが、心配なんだ。言うなればボディガードみたいなものかな。ほら、僕が駅まで一緒だったら相手も何もできないんじゃない？　地元まではついてきてないんだよね」

「いや、そんな……だめですよ、それは」

箸を置いた直は、ぶんぶんと首を振る。

「どのあたりがだめ？」

どのあたりって、全部だ。一日二日で終わることなら友達にも頼めるが、これからいつまで続くかわからない。そんなことを、親しくもない相手に頼めるわけがない。

「だって僕、本当に一人で平気です。防犯ブザーも買ったし」

「相手が何を求めてるかわからないけど、男なんだよね？　だから、その……」

「え？」

「君のことを好きなんじゃないかって思うんだ」

直はぽかんとした。否《いな》、男だったらその結論はないはずだ。

「だから、僕と一緒に帰るようになれば諦めるんじゃないかな」

さすがに言葉に詰まり、直は炙られたしゃもの白く濁った目をじっと睨む。

「ええと、そんなの悪いです。友達でも何でもないのに」

口の中が、乾く。上手く言葉が出てこない。

「友達じゃないけど、打算はあるよ」

「打算？」

どきりと心臓が一際強く脈打った。光瑠の言葉は、心臓に悪い。

打算の種類を早く教えてくれないと、思いっきり都合のいい妄想に耽ってしまいそうだ。

「僕はアンジェリカが好きなんだ」

「はい、それはわかります」

「ああいう素敵な空間で、本を読みながらのんびり過ごす。時々君と会話をできるのも、すごく、いい」

彼の瞳が優しく和んだ。

「もし君がストーカーのせいでアンジェリカを辞めたら、すごく悲しいんだ。僕にとっては、君はあの店の空気を作ってる大切な要因だからね」

「絶対、辞めません。僕、ほかに向いているバイト、思いつかないし」

それに、バイトをしている限りは光瑠との接点がある。それをむざむざとなくすのは直として惜しかった。

「よかった。君がいなくなるのは、友達として淋しいよ」

光瑠は自分のことを友達だって思ってくれているのだ。

「いきなりこんなこと言われて、気味が悪いよね。ごめん」

「いえ、気味が悪くなんて、ないです。光瑠さんが僕のことを心配してくれるの、わかるし……」

そこで直は言い淀《よど》んだ。

「だけど、とばっちりが光瑠さんに行ったら？」

「そのときは出るところに出るから大丈夫だよ。君に迷惑はかけない」

びっくりするほど力強く、光瑠は言い切った。

真剣そのものの目。

いつもふわふわと優しい顔をする光瑠ばかり知っているからこそ、直は彼の表情に見惚れてしまう。

こんな顔も、するんだ……。

「もちろん、すぐに返事を出せとは言わない。でも、できれば断らないでほしい」

「どうして？」

「今日も君の後をつけていたなら、僕たちが当然何らかの関係があるって勘繰るようになるだろう？　それでショックを受けるか、目を覚ますか……そのあたりはわからない。諸刃の剣だと思うんだ。だから、しばらく危険かもしれない」

要するに、身の安全を確保したいのであれば、光瑠にボディガードを頼むのは必然という流れなのだ。

「わからないです。どうして、そんなに一生懸命になってくれるのか。誰にでもそうなんですか？」

「僕はそこまで博愛主義じゃない」

「え？」

それって……どういう意味？

「……昔、僕の幼馴染みもストーカーにつけ回されたんだ。すごく怖がってたのに、僕たちは全然真剣に取り合わなかった」

ふと、光瑠が声を落とす。

もしかしたら、つき合っていた人か何かなのだろうか。真摯《しんし》な声音に、直の胸まで痛くなる。

「もう、二度と後悔したくない。大事な人が傷つけられるのは、嫌なんだ」

死んでしまった……とか？　さすがに怖くて、そこまで聞けなかった。

とはいえ、この言い分では直も大事な人の範疇《はんちゅう》に入れてもらえるのだろうか？

たかだか行きつけのカフェの従業員なのに、ずいぶん大袈裟だ。

少しは特別扱いしてくれているのかもしれないなどと、自分に都合のいい解釈をしかけてしまい、それに動揺していたたまれなくなった直は俯き加減に口を開いた。

「考えさせてください」

「ここまで言っても、やっぱりすぐには返事できない？」

「……すみません」

「意外と慎重派なんだね。髪に触らせてくれたのって、天然じゃないの？」

「へ？」

「いいんだ、こっちの話」

どことなく残念そうな口調に、直は口籠もるほかなかった。

光瑠にしてみれば直なんて年下で頼りなく見えるかもしれないけれど、やはり、バイト先のお客様なのだ。一線を引かなくてはならないのに、光瑠の前では即答できない。

「ご飯が来たよ」

その声に、直は我に返った

「わあ」

注文があるたびに釜で炊くという白米は、光瑠がしゃもじで軽く掻き混ぜるだけでふわっと香気が立ち上ってくる。

「すごい、お焦げができてる！」

直がはしゃいだ声で言うと、光瑠は「じゃあ、いっぱい入れてあげる」とわざわざお焦げを多めによそってくれた。

何もかもが楽しく、満ち足りた食事だった。

おまけに、またしても食事の代金は光瑠が奢ってくれた。

これくらいは払えると言ったのだが、彼が「僕が勝手に店を選んじゃったから」と主張して譲らなかったのだ。店で揉《も》めるのも格好悪かったので、結果的に退かざるを得なかった。

これで光瑠に借りを二つ、作ってしまった。

餌付《えづ》けされたような気分だったけど、満腹で、心も隅々まで満ち足りている。

好きな人と一緒に食べるご飯はこんなに美味しいと、直は初めて気がついたのだった。


「送り迎え？」

休憩時間に裏口に引っ張り出した千春に相談すると、彼女は驚いたように目を見開いた。

「うん、どうしようかと思ってるんです」

「反対だなあ、それ」

千春はそう言った。

「何で？」

「あのさ……言わなかったんだけど、私、お店の外で女連れのあの人を二、三回見たことがあるの」

どことなく深刻そうな口ぶりに、思わず目を瞠った。

「そうなんですか？」

「うん。秋葉原駅の近くだけど、あの人、目立つでしょう？」

見間違えるわけがない、と言外に匂わされる。

それだけでも、冷水をバケツで浴びせられたようなショックだったのに、次の言葉で更に息が止まりそうになった。

「しかも、いつも違う相手なんだよね」

いつも、違う？

すごい美人とか、美少女とか、そういうのならわかる。

しかし、違うっていうのはどういうことだ？

「だから、あの人、ホストか何かなんじゃないの？」

「うーん……ホストってイメージじゃ、全然ないですけど」

少なくとも、テレビで見るようなホストのイメージとは真逆だ。

光瑠のどこか貴族的なやわらかな雰囲気は、金で時間を切り売りするタイプとはほど遠い。

「それに、ホストだったら夜、送ってくれるなんて不可能じゃないですか？」

「ちょっとお店を抜け出すとか」

だけど、打ち合わせとか会議とか、いろいろ言っていた気がする。

「それに、鍵も」

「鍵って？」

「忘れ物。ほら、すごく本数多かったじゃん。彼女の部屋のじゃない？」

……そうだった。

おまけに瀬南光瑠という名前なら、アルファベットはSとMになるはずだ。なのに、そこにぶら下がっていたのはHとMだった。

Hというのは、彼女のイニシャルじゃないのか。

そう思うと、お腹のあたりが冷たくなるようだった。

「ストーカーは怖いけど、あの人とのことは慎重に考えたほうがいいよ」

「……はい」

「それに、恋人のふりをしてもらうってことでしょ。逆に相手に火を点けちゃうかもしれないし」

「え？」

突然、千春に奇妙なことを言われ、直はぴたりと作業の手を止めた。

恋人？　誰と誰が？

「ど、ど、どういう意味ですか？　恋人？」

会話のキャッチボールが苦手と評される直だったが、今の千春の言葉も十二分な暴投だ。

申し訳ないが、受け止めるにはかなりのテクニックが必要と思える。

「だって、一緒に帰ることで鎌田さんを牽制するんでしょ？　それって、おう……瀬南さんが恋人役を引き受けてくれてるってことじゃん」

「こ、こ、こ、恋人なんて違いますっ」

かあああっと頬が熱くなるのがわかり、またしてもどもってしまう。

「どこが？」

「瀬南さんは、僕が今から合気道を習うんじゃ間に合わないからって、心配してくれただけで……」

「鈍いなあ。わざとじゃないなら、少女漫画でも読んだほうがいいよ」

完全に理解力のキャパシティをオーバーし、直は黙り込んだ。

恋人のふり。

それで鎌田を牽制する……?

そんなことをしたら、火に油を注ぐことになりかねないのではないか。

つらつらと考えつつ、直はフロアに戻った。

「浮かない顔だね」

不意に声をかけられた直は振り返り、「う」と言葉に詰まる。そこにいたのは、にこやかに微笑む社長のシリルだった。

仕立てのよい背広を身につけたシリルは、さぞやこの界隈では浮き上がっていたことだろう。タクシーで来ればいいのに、彼は秋葉原を散策するのを好むため、駅から徒歩に違いない。

「社長……」

秋葉原には不似合いな、ど迫力のフランス人。

いや、ある意味似合っているかもしれない。秋葉原ではしばしば、外国のオタクがアニメやゲームのグッズを求めてさまよっているからだ。

だけど、シリルはそんな人々とは一線を画している。

薔薇でも背負って出てくるのがお似合いだとかつて千春が評していたが、確かにそんな気がする。

線の細さは微塵《みじん》もないが、美しいという言葉が似合う。

白い膚《はだ》に、金髪。それから真っ青な瞳。

フランス革命で処刑を逃れた貴族の末裔《まつえい》と言うことで、血筋もまた折紙つきだ。

日本びいきのシリルは広尾の広大な洋館を買って改築したうえ、青柳堂なる私設図書館を創り上げた、酔狂な金持ちだ。彼の後ろには、すこぶる不機嫌そうな顔つきの早川が立っている。古い友人同士だという話だが、どうやら早川はシリルのことが好きではないようで、彼が店に来るといつも眉間《みけん》にきつい皺《しわ》を寄せるし、帰ったときなど裏口に塩でも撒《ま》きかねない。

それでもこうしてシリルの会社で働いているのだから、仲が悪いというほどではないのだろう。とはいえ、大人のつき合いというのはよくわからない。

「わざわざいらして、どうかなさったんですか、社長」

早川の台詞《せりふ》には初っぱなから凄《すさ》まじい棘《とげ》があり、慣れているはずの直も息を呑む。

幸い客がいないとはいえ、フロアでこんなに険悪なオーラを撒き散らさなくてもいいと思うんだけど……。

早川とシリルであれば身長差も体格差もある。たとえて言うのなら、大型の長毛犬種対三毛猫みたいな、そんな対比だった。

「いい本が入ったから、店に来たんだ。和利は？」

「店では店長と呼んでいただけませんか」

礼服を模した制服を身につけた早川はとりわけ冷ややかに応じ、フロアには冷たい空気が立ち込める。

いつもマシンのような早川だが、シリルはイレギュラーな存在なのだろう。

「そんなこと言わないで。今日は、あれが手に入ったから自慢しようかと思ったんだよ」

あれ、と示されて早川の表情がぴくりと動いた。

「まさか……あれか？」

「そのとおり」

そう言ったシリルが鞄の中から取り出したのは、風呂敷包みだった。

「く……」

口中で早川は呻《うめ》き、一転して恭しくそれを受け取る。緊張しきった表情で彼が包みを開くと、中からは一冊の本が出てきた。

「！」

何の変哲もない古本なのに、早川の目の色が変わった。

普段小説中で目にする「目の色が変わる」という慣用表現が、実際はどんなものなのか初めてわかったような気がする。

薄緑色のカバーの書籍は、一見して古書とわかるが状態はよさそうだ。

古書については折に触れて早川からレクチャーを受けてきたので、美本の基準も何となく

わかるようになっていた。本文はもちろん函《はこ》や見返し、日焼けの状態が大事で、帯の有無も価値を左右するのだとか。

「何ですか、その本」

思わず興味を抱いてしまい、直は早川の華奢な肩越しに彼の手許を覗き込んだ。

「これは『われに五月を』の初版です。美本だと相当の価値があり……そうですね、四十万前後でしょうか」

「さすが、目利きだね」

「………」

シリルに褒められたのに、逆にむっとしたように早川は黙り込む。

「じっくり見せてあげるから奥へ行こう」

今度は早川は至極嫌そうな顔になったものの、シリルは意に介する様子はまったくない。二人が連れ立ってバックヤードに消えたので、直は何となく安堵《あんど》した。

今のうちに返却された本を片づけておこう。レジのところにある返却籠に本が溜《た》まっているときは、手の空いた人間が少しずつ棚に戻すという決まりだった。

戻ってきた書籍の中にあったのは、『桜の森の満開の下』だった。

こんな時期に、珍しいこともある。

その次に出てきた文庫本は、『重力と恩寵』だった。

どちらも光瑠が読んでいた本だ。

この借り主……じつは、光瑠の読んだものを追いかけているのではないか。

確かにどちらも有名な本だけど、立て続けに貸し出しがあるのは珍しい。

守らなくてはいけないのは、自分じゃなくて光瑠なのかもしれない。

「…………」

ぞっとすると同時に不穏な感情が心に立ち込め、直は一瞬、身を震わせる。アンジェリカの誰が借りたかは店内のパソコンに記録されているが、それを見るのが怖かった。


三田にある大学のキャンパスは、学園祭を前にして浮き足立っているようだ。

昼下がりのカフェテリアは混んでおり、空いている席を見つけるのも難しい。

先に料理をオーダーしていれば空くのではないかという目算は外れ、直はきょろきょろとあたりを見回す。

こういうとき、自分の要領の悪さが嫌になる。いつもだったら同じ授業を選んでいる同級生と一緒に行動するので、目先が利く彼が席を取ってくれるのだが、今日は夏風邪で休むというメールが入っていた。

いくら直だって、友達はゼロというわけじゃない。クラスの中にいくつかできてしまったグループに何となく入れずにいたら、そういう境遇の奴と行動するようになったという、消極的な結果だったけれど、彼も物静かなので一緒にいてもつらくはなかった。

「直くん」

「あ」

テーブルの端でひらひらと手を振っているのは千春で、ちょうど彼女の隣の席が空いたらしく、「ここ」と指さしてくれる。

「今日、一人？」

「はい。湯嶋さんは？」

「図書館にレポートやりに来たの。これからバイト」

頷いたものの、千春とは今日は上手く会話が続かない。

自分から投げるボールを、見つけられなかったからだ。それに気づいたらしく、お茶を飲んでいた千春が切り出してきた。

「そういえば、あれ、どうしたの？」

「あれって何ですか？」

「『王子様』のボディガード」

「…………頼むことに、しました」

「うっそ！」

千春が素っ頓狂《とんきょう》な声を上げたので、直は慌てて人差し指を唇に当てる。

本当は断るほうがいいと思っていた。

だけど、あの本を見ていたら怖くなったのだ。

貸し出しの履歴は、想像していたとおり鎌田のものだった。

鎌田が何を考えているのか、わからなかった。

彼の狙いは、じつは光瑠ではないのか。だから、光瑠がしょっちゅう声をかけている直に標的を定めたのかもしれない。

それに、光瑠は大事な人に何かがあったことをいつまでも引きずっている様子でもあった。たとえ単なる顔見知り程度であっても、知り合いがストーカーに襲われて事件にでもあったら、また彼を傷つけてしまうかもしれない。

そんなことは、絶対に嫌だ。自分のせいで、あの人に何かがあるなんて。

「『王子様』じゃなくて、瀬南さんです」

そして直にだけ許された呼び方は、光瑠さん、だ。

「そうなんだけど、呼び慣れなくて」

千春が微かに首を振った。

「で、なに？　断らなかったんだ？」

「ごめんなさい」

ふうっと千春は息を吐き出した。

「謝ることじゃないでしょ。そのへんは直くんの決めることで、外野がどうこう言うことじゃないもん」

「だけど、心配してくれたのに」

「いいの。こうなったら、瀬南さんがいい人であることを祈っておくよ」

「はい」

千春らしい前向きな発言にほっとしつつ、直は箸でメンチカツを切り分けた。

「ひとまず、これで安心だね。鎌田さん、気が弱そうだから、直くんにそういう仲のいい人がいるってわかったら引き下がるんじゃないかなあ」

「だといいんですけど」

仮にもし二人が恋人同士だっていう誤解をしてくれたなら、鎌田の目当てがどちらであろうと、彼も身を引いてくれるかもしれない。

それに、いざとなったらこの身を楯《たて》にして光瑠を守れる。

「あ、けど、それなら少し服装とかちゃんとしないとね」

「服って?」

「好きな人と一緒なんだよ? 制服じゃないから、たかだか帰り道だからって手抜きできないでしょ。もちろん、すっごくお洒落にする必要はないけど」

大学へ着ていくものなんて、たかが知れている。アンジェリカだって制服が決まっている以上は服装に気遣う必要もなかった。服にお金がかからなくて運がいいな、くらいにしか思っていなかったので、千春の指摘には愕然《がくぜん》とした。

少しでも自分をよく見せたい。せめて光瑠が、子供だって思わないくらいには。

「とりあえず研究しておかないと」

「はい」

食後に大学生協に立ち寄った直はファッション誌を手に取った。この手の雑誌類を買うのは久しぶりで、どれを買えばいいのかしばし悩んでしまったほどだ。

少しは、本以外に関する情報も更新しなくては。

お洒落してみたいとか、そういう気持ちになれたことが新鮮だった。

なんだか本当に、恋をしているみたいだ。

そう思うとうきうきして、自ずと唇が綻んだ。

4

それから三日後。

ＳＦフェアは、本日をもって何とか終了した。

アンティーク調のライブラリーカフェとＳＦというミスマッチが受けたらしく、途中で新聞の取材も入ったほどだ。残念ながら掲載は間に合わないが、宣伝にはなるだろうと、いつもは気難しい早川《はやかわ》も珍しく機嫌がよかった。

「面白かったね、ＳＦフェア」

「……はあ」

モップを手にした直《すなお》は、千春《ちはる》に対して虚《うつ》ろな返事をしてしまう。

面白かったとは思うが、自分がフェアで役に立ったとは言いがたい。

先ほどのやりとりを思い出すと、へこむ気持ちばかりが押し寄せてくる。

――だから、そこはフィクションとして……。

談話スペースに集まったＳＦ好きの常連客が、喧々囂々《けんけんごうごう》のバトルを繰り広げていた。

時々声が高くなってしまうが、彼らはアンジェリカという店を理解してくれていたので、気づくと自発的にきちんと軌道修正してくれる。

SFというジャンルの特性上、人数自体は決して多くないが、濃いファンが来てくれたので三日間のSFフェアはなかなかの盛況だった。

ホームページで告知を打ったせいか、新規のお客様もちらほらと目につく。

「どう思う、スナオさん」

「えっ」

唐突に話題を振られて、直はおどおどしてしまう。

「好きな映画の話。何かある?」

「あ、あの、僕は『プリティ・ウーマン』が好きです」

一同はしんと静まり返る。

しまった……。

単に、SF映画→『ブレードランナー』→ハリソン・フォード→アメリカ人男優→リチャード・ギア→『プリティ・ウーマン』となっただけなのだが、無論、彼らはわけもわからないという顔をしている。

当然だ。ハリソン・フォードからリチャード・ギアに飛んだ理由は、自分でも説明がつかない。おまけに、ハードSFの話をしていたのに王道の恋愛映画のタイトルを出されて、彼らは完全にしらけてしまっていた。

「ええと、その、つまり……」

動揺して頭が真っ白になり、言葉が続かない。説明しなくちゃいけないのに。

「……あ、すいません。お冷やのお代わり、もらえますか」

とうとう諦《あきら》められてしまい、体《てい》よく追い払われる。

「お待ちください」

ポットを取りにキッチンへ戻りつつ、直は反省を噛《か》み締めていた。

また、やってしまった。

知識がなくて失望させてしまうのはわかるが、自分の未熟な話術で場をしらけさせてしまったというのも、十二分に痛かった。ここは素直に『ブレードランナー』と答えておけば、彼らも喜んでくれただろう。

直の認識では、SFとはものすごく突飛なものだ。

そういう意味では、恋愛もSFも同じジャンルなのだ。

どっちも突飛で、理解不能で、そしてたいてい当事者にとっては歴史的大事件だ。そこまで説明したかったのに、話す順番を間違えて、聞いてもらえなかった。

——というのが、今日の顚末《てんまつ》だ。

そんなやりとりを思い出しつつ、モップを抱き締めた直はため息をついた。

「あ、そろそろミーティングだよ」

「はーい」

最終日が無事に終わったので、このまま掃除のあとに反省会をすることになっていた。

「何か気づいたこととかありますか？」

がらんとしたフロアでスタッフ一同が車座になっていると、千春が「はい」と手を挙げた。

「湯嶋《ゆしま》さん、何か？」

「お客さんが盛り上がってくれたのは、成果が大きかったと思います。でも、やっぱり、もう一度スタッフの得意分野を見直さないとだめだと思うんです」

ぎくりとする。

「アンジェリカのいいところって、お客様が豊富な知識を持つスタッフに質問できたり、語り合えたりするところにあるんじゃないかなって」

遠回しの嫌みではないし、自分のことを指しているわけではないだろう。

けれども、上手《うま》く振る舞えなかったことには変わりがない。

SFだって知識が皆無というわけじゃないのに、いざとなると萎縮してしまうのだ。

直の気持ちは、こんがらかった糸みたいだ。縺《もつ》れて縺れて、引っ張ると別のところが飛び出してくる。

直なんてストレートな名前をもらったのに、完全に名前負けしている。

今夜は片づけがあったので、いつもより少し遅く店が終わった。そのため、帰ろうとドアを開けた直は、店の裏口に光瑠《みつる》が立っているのに驚いた。

「み……瀬南《せなみ》さん」

「こんばんは」

光瑠はにこやかに笑うと、軽く片手を挙げる。

直の隣にいた千春は、戸惑った顔をした後ににやりと楽しげに笑う。そして「じゃあ、お先に」と口笛でも吹きそうな調子で言うと、さっさと駅の方角へ歩いていった。

ボディガードの約束を、忘れていたわけじゃない。

ただ、夢みたいで信じられなくて——そのまま今夜になったのだ。

「ごめん、邪魔だった？」

「そうじゃないんです。今日、お店に来なかったから、てっきり」

「ああ」

くすっと光瑠は小さく笑った。

「メールしたの、見なかった？　閉店には間に合わないから外にいますって書いたんだけど」

「すみません、忙しくて」

「いや、忙しいってわかっててメールした僕も悪いんだ」

さらりと言ってのけると、光瑠は直の背中に手を回して「行こう」と促した。

ばくん！

心臓が震える。

布地を何枚も隔ててるはずなのに、それなのに伝わってくる。

誰かの――じゃなくて、光瑠のぬくもりが。

まだ触っていてほしいのに、唐突に、彼の手は離れてしまう。

だけど、離れてくれてよかったのかもしれない。このままでは、ものすごい勢いで脈打つ自分の鼓動にも気づかれてしまいそうだった。

「あ、その……」

「ん？」

「よ、よろしくお願いします」

「うん、こちらこそ。……今日は寒かったね」

何気ない調子で、光瑠はそれを流してしまう。

「まだ秋って感じじゃないと思ってたのに、一度そう思うとあっという間ですね」

歩きだした直は、素早く周囲に視線を走らせた。

周りに誰か――鎌田《かまた》がいないか。それを知りたかったからだ。

「直くん、あからさますぎ」

「え？」

「それじゃ警戒してますって言ってるようなものだよ。もっと自然に」

「あ、ええと、はい……」

直の靴底の厚いスニーカーのちょっと重い足音と、光瑠の革靴の音が不協和音となって秋葉原の街に響く。もちろん、この時間になっても人通りが多いので、それはさほど大きな音ではなかったが。

「今日、へこんでたので……来てもらえてよかったです」

「どうして？」

直が掻い摘んで説明すると、光瑠は頷いた。

「光瑠さんが折角アドバイスしてくれたのに、会話に辿《たど》り着く前に終わっちゃって」

「大丈夫だよ。無理しないで練習すればいい。僕を練習台にしていいよ」

「そ、そんな勿体ない！」

「気にしないで。説明しようって思っただけで、大きな一歩だよね」

言われてみればそのとおりだ。自分も少しは変わっているのだと、心が軽くなってくる。

通りを左手に曲がって駅に入ったところで、直は「あ」と呟《つぶや》く。

朝は急いでいて見られなかったが、駅貼りのポスターが新しいものになっていた。

今度の週末から始まる美術展のポスターで、視線を走らせると開催期間は三週間ほどと意外と短い。バイトのない日に時間を見て出かけないと、終わってしまいそうだ。

「直くん、それに興味あるの？」

「はい」

香りの美術展なんて男性が興味を持つにしてはマニアックかもしれないが、日本の文学と香りは切っても切り離せない。特に、平安時代はお香の文化があったため、匂いというのは重大な要素になる。

「最近、『源氏物語』に再挑戦してるんです。それで、興味があって」

『源氏物語』を読み通していないので、声が小さくなる。今はいろいろな訳者による現代語訳もあるのだが、いつも数巻で挫折してしまう。大人になれば少しは源氏の機微がわかるのではないかと、ただいま、数回目の挑戦中だ。

恋愛小説はとても苦手だ。それでも、自分の気持ちを解きほぐす参考にしたい。

そう考え、日本人の恋愛観を学ぶにはこのあたりが妥当なのではと思いついた。

「だったら、一緒に行かない？」

「え？」

「招待券が二枚あるんだ」

「本当、ですか？」

思ってもないことで、直は声を上擦らせた。

しかし、こんなマイナーな美術展の招待券はどうやって手に入れるんだろう？　新聞屋さんとか……？

「知り合いに招待券をもらっちゃった手前、僕もちょうど、行かなくちゃいけないって思っていたんだよ。どうかな」

「でも」

「だめなら一人でも見にいくつもりだったし」

「……じゃあ、行きたいです」

躊躇《ためら》いつつも、溢れそうな喜びから声が弾むのを隠せない。

そんな直を見やり、光瑠は目を細める。

「それなら、いつがいい？　やっぱり日曜日かな」

「いえ、僕、授業がない日が週に二回あるので、バイトさえなければ……」

二人で相談した結果、約束は三日後になった。平日でも、光瑠はその日がいいのだという。

都合がいい解釈だって、わかってる。だけど、これって、まるでデートみたいだ。

二人でどこかに行くのは友達ならば当たり前のことだろうが、直にはとても特別なことで、果てしなく嬉しい。

そのせいだろうか。

自動改札を上手く抜けられなくて、引っかかってしまう。後ろの客にすみませんと謝りながらも、おぼつかない足取りでホームへ向かった。

待ち合わせ場所は美術大学の正門前で、直は落ち着かない様子で何度も携帯の画面を眺めていた。

そわそわしちゃだめだ。

大学の正門というわかりやすい場所が選ばれたのは、展覧会の会場がこの大学付属の美術館だからだ。

直の服装自体は、極めてありふれた白いボタンダウンのシャツにグレーのパンツというカジュアルなものだが、おかしくはないだろうか。これならはずさないよ、と千春が言ってくれたのだが、似合っているか判断するには緊張しすぎている。

芸術系の大学だからといって尖《とが》ったセンスの学生ばかりが出入りするわけではないし、直はずっと落ち着かなかった。

そわそわしていると、駅の方角から光瑠がやって来た。

「直くん、おはよう」

「おはようございます！」

「ごめん、待った？」

さもすまなさそうな顔をされ、直はぶんぶんと首を横に振る。

「いえ、僕もちょっと前に来たところなので」

「そう。でもお互い早すぎたみたいだね。開館時間になってないよ」

「ホントです」

光瑠を待たせてはいけない、よけいに遅刻できないと気負っていたせいもある。

光瑠も待ち合わせの時刻より早く来てくれたのは、今日のことを大事な約束だと考えてくれているみたいで嬉しかった。

「最初にチケット、渡しておくね」

「はい。ありがとうございます」

もらったチケットは、確かに招待券と書いてある。

「どうかした？」

「ううん、本当に招待券なんだなって」

「僕が本当は買ってくるとでも思ってたとか？」

「う」

図星だった。

「もし別の美術展なら、ずるをしたかもしれないな。けど、僕は本当にこれを見に来るつもりだったんだ。君とこうやって一緒に来る運命だったんじゃないかな」

「運命、ですか？」

「そう。この広い世界で同じような趣味を持った人間が巡り合うなんて、まさに運命だと思わない？」

いきなり話を大きく広げられてしまって直は面食らったが、同時に、彼の言葉の甘みに内心で呻《うめ》きそうになる。

美形で優しくて、発する言葉がたいてい甘ったるい。

これが許されるのは彼が綺麗だからだ。この外見という名のオブラートがなかったら、単なる変わり者で終わるだろうに。

「じゃ、行こうか」

「あ、はい！」

特別展はこの美術館の地下一階と二階で、常設展の会場が一階の奥にある。

「イヤフォンガイドは？」

「借ります。ないとやっぱり気がつかないところが多くて」

「そうなんだよね。僕も借りることにしてる」

二人で揃《そろ》って首から黒い機械をぶら下げ、まずは順路どおりに地下の会場に入る。主催者の挨拶《あいさつ》文の前で立ち止まってちらちらと会場を窺《うかが》うと、客は女性が目立った。

香りの展覧会だから、ある意味では当たり前だろう。

男性で香りに興味がある人は、あまり多くないはずだ。

「じゃあ、またあとで」

え、と直は戸惑ってしまう。

「ほら、お互いに見るペースがあるし。一緒に回ろうと思うと、無理して見たいものもじっくり見られなくなるかもしれないよね？」

「はい」

正直、人と美術館に行くのは初めてだったので、どう回るのだろうと思っていたのだ。

安堵《あんど》した直は、のんびりした足取りでガラスの奥の香炉をじっと見つめた。

好きな人に嗅《か》いでほしくて香りを焚《た》きしめるというのは、とても優雅な習慣だ。平安時代の貴族はほかにすることがなかったので、恋が大事なイベントだったとも聞く。

なんとも牧歌的な話だ。

昔だったら拗《す》ねた気分でそれを眺めていたかもしれないが、今の自分は違う。

平安貴族並みに、恋愛が一大イベントになってしまっているのだ。

ものすごい勢いで、光瑠に惹《ひ》かれている。頭の中が彼に浸蝕されてしまっているようだ。

だから、怖い。

もしかしたら、このままでは不満になるかもしれない。ますます贅沢《ぜいたく》になってしまって、自分の気持ちを伝えたくなってしまうかもしれない。

そんなことは、だめなのに。

どうせ気持ち悪いと退かれるか、そんなのは一過性の熱病みたいなものだと諭されるか。

そのどちらかしか残っていない。

光瑠みたいに素敵な人には、絶対に素敵な恋人がいるはずだから、この思いが実るはずはない。それは今までの経験則やあのキーホルダー、千春の目撃証言などなどから明白だった。


展覧会のあとはミュージアムショップで光瑠と合流し、直は悩んだ末に目録を買った。本当はほかにも参考文献が欲しかったが、二千円という目録を購入してしまうと、財政がかなり厳しい。

「お腹空《なかす》いたね」

「はい」

「よかったら、ご飯食べない？　上野に来たら行く店があるんだ」

願ってもない話だが、前回みたいに自分の財布と不釣り合いな店だったら困る。それに、こういう場合は招待券をもらった直が奢《おご》るのが筋ではないだろうか。

給料日までまだ間があるけれど、予算によっては奢るのも難しくない。

「大丈夫、このあたりならそんなに高くない。心配しなくていいよ」

気づかれてたんだ。

そのことに、直は恥ずかしくなってしまう。なにか上手い言葉で弁解したかったのに、慌てるばかりで声が出ない。

「あ、渡ろう」

上野駅前の緩やかな坂を下りきったところで、信号を渡るように促されて慌てて従う。

ごちゃごちゃした通りをひょいと曲がり、彼は「ここだよ」と教えてくれた。

ビルとビルのあいだの窮屈そうな二階建ての古いビルだった。格子戸に磨《す》り硝子《ガラス》がはまり、中は見えない。

緊張する直をよそに、光瑠はからりと戸を開けた。

「こんにちは」

「いらっしゃいませ。何名様ですか?」

声をかけてきたのは、化粧気《けしょうけ》のない女性店員だった。

「二人です」

「じゃ、空《あ》いてるところにどうぞ」

「はい」

建物の内装は簡素だが、清潔だった。コンクリートの床はごみ一つ落ちていないし、テーブルもぴかぴかに磨かれている。

「どうぞ」

湯呑み茶碗も薄手で上品なつくりで、茶渋はまったくついていなかった。

「ここは天ぷらが美味《おい》しいんだ」

「あ、天ぷら大好きです！」

直が嬉々として答えるのを耳にして、光瑠が相好《そうごう》を崩しつつおしながきの一点を指さす。

「お勧めはこれかな。幕の内弁当。ボリュームもあるし、いろいろ食べられる」

「だったらそうします」

「じゃあ、僕も」

光瑠は片手を挙げて幕の内弁当を二つ注文し、直に向き直った。

「展覧会、どうだった？」

「面白かったです。展示物もよかったんだけど、最後の絵画の中の匂いっていうのが面白くて」

「うん。匂いをイメージさせる絵を展示するっていう趣向は、面白いよね」

光瑠は相槌《あいづち》を打つ。

「源氏物語絵巻の薫物《たきもの》合わせのシーンくらいかしか予想できなかったから、こんなにいろいろバリエーションがあるとは思ってもみなかったよ」

「そうなんです」

興味のあるところに触れられて、直は思わずぐっと身を乗り出した。

「僕も、それが意外でした。あと、江戸時代まではお香ってもっと庶民的で、すごく親しまれていたものなんですよね。初めて気づきました」

「ちょっとやってみたくなった」

「同じです」

身を乗り出してしゃべっているうちに、幕の内弁当が運ばれてきた。

天ぷらが美味しいと言われていたので、あたたかいうちに試してみようと海老《えび》の天ぷらを口に運ぶと、さっくりとしてごま油が香ばしい。衣はふわふわでかりかりなのに、中の海老はぷりっとしている。

「どう？」

「すごく美味しいです」

「よかった、口に合って」

光瑠は至極嬉しそうに笑ったので、彼の笑顔に見惚《みほ》れかけてしまう。だが、向かい合わせで口を半開きにして彼に見蕩《みと》れているわけにもいかず、直は急いで食事に思考を軌道修正した。

ここでもまた展覧会や本の話で盛り上がり、昼食はいたって楽しかった。

話が弾みすぎてうっかり長居しそうになり、これでは次のお客さんが入れなくなると慌てて店を出たほどだ。

これからどうするのかと問われ、直は「西洋美術館に寄ろうと思ってます」と正直に告げる。

「今から？」

「はい。せっかく上野に来たから、はしごしようと思って。レポートを書くのに、特別展がちょうどよさそうなんです」

「じゃあ、行こうか」

「え？」

「じつは僕も、見にいくつもりだったんだよ」

おかしそうに笑った光瑠は、自分の内ポケットから少し折れ曲がった前売り券を出した。

「買っておいたから、今日見ようと思ってたんだ。でも、こっちにも君の興味があるのかわからなくて」

興味が近いことが判明して、ますます直の気持ちは浮き立った。

しかも光瑠とは会場で別れるので、気兼ねしないで見られるのも有り難い。するっと近寄るけれど、離れてほしいところでは離れる。時々同じ展示物の前で鉢合わせし、そこでちょっと会話をするのも、すごく、楽しい。

これってデートみたいだ……。

二人で午後いっぱいかけて展覧会を見終わる頃には、夕方になっていた。

隅々まで、満腹だった。実際にお腹はまだいっぱいだったし、それに光瑠と一緒に半日過ごせたというだけで胸がいっぱいだ。

だからこそ、淋しい。

楽しければ楽しいほど、その時間が終わったときの虚《むな》しさは大きい。

もう二度とこんなふうに心地よい時間を味わえないんじゃないかという不安も、時が経つにつれて少しずつ大きくなってくる。

たとえば、直は休日の渋滞が好きだ。楽しい時間が終わる瞬間をいつまでも引き延ばしたくて、夕方の渋滞にはまるとほっとした。

未練がましいとか、男らしくないというのは、わかっていた。

自分が本当はネガティブ思考だっていうことも。

「今日はありがとうございました」

美術館を出てしばらく歩いたところで、直はぺこりと頭を下げた。

足を止めてから気づいた。

近くにあるのは、ロダンの『地獄の門』だ。

いかにも縁起の悪そうなところで立ち止まってしまった。

だって、「この門をくぐる者はいっさいの希望を捨てよ」というのがキャッチフレーズの彫刻だ。

片想いの相手と地獄の門の前で会話をすると振られるとか、そういうジンクスがなければいいのだけれど。

「うん。——だけど、元気ないね」

不意に表情を曇らせ、光瑠は一歩踏み込むようにして直の顔を覗《のぞ》き込んできた。

……近い。

うろたえる直をよそに、光瑠は視線を逸《そ》らさない。

沈みかけた夕陽が、彼の髪を照らし出している。

まるで燃えているみたいに、明るく。

そして、こちらを見つめる光瑠の瞳は光を受けて神秘的に煌《きら》めいている。この色……そう、蜂蜜みたいだ。

「どうしたの？」

「あ、いえ、」

「僕が引っ張り回したから疲れちゃったのかな」

「違います！　あの、お腹いっぱいで」

「お腹が？　平気？」

少なくとも、今の淋しさは光瑠のせいじゃない。

光瑠はうんと直を楽しませてくれた。この時間が終わるのが苦しいのだ。

だからこそ正直に言わなくてはいけない。順序立てて、自分の気持ちを説明しなくては。

「ええと……、その、淋しいんです」

「淋しい？」

「構ってもらえて、すごく嬉しかったから。こんなのが最初で最後だって思うと、なんだか、淋しくて」

「ああ」

やっと腑《ふ》に落ちたとでもいうように、光瑠は頷《うなず》いた。

「僕は君を、構ってあげてるつもりはないよ？　一緒にいたいんだ」

ほら、また甘い。

とろとろの蜂蜜みたいに、自分の心まで金色に彩ってしまう。

蜂蜜というのは、我ながらぴったりな表現だと直は悦に入る。

「君と一緒にいるのは、すごく楽しい。それじゃだめかな？」

「だって、僕、年下だし」

狼狽《ろうばい》するあまり、関係ないことを口走ってしまう。

「七つ……ううん、八つ下だっけ？　小学生と中学生なら話が合わなくても仕方ないけど、君は成人して立派な大人だ。全然話題がないどころか、趣味は近いよ」

言われてみると、確かにそうだ。

光瑠は自分に何かを教え諭そうとするわけではないし、直だって教えを請うているわけではない。

二人の関係は、一度店の外に出れば対等だ。

「ね？」

だめ押しするように言われて、光瑠はじんわりと心が溶けてくるのを感じた。

「――光瑠さん、どうして僕なんかにそんなに優しいんですか？」

「好きだから」

何気なく告げられて、最初はよく理解できなかった。

あまりに自然だったので、それこそ風のように、耳からすうっと抜けそうになったほどだ。

「好きなんだ。だめかな」

「だめってことはないけど……い、意味が」

「そうだね。世の中には、いろいろな好きがあるか」

アンジェリカでドリンクを選ぶときみたいにさらっと言われてしまい、直はますますうろたえた。

「しゅ、種類は置いておいて、僕なんかのどこが好きなんですか？」

一瞬、光瑠が目を細めたものの、すぐにいつものにこやかさを取り戻す。

「――最初は、インパクトだよ」

「インパクト？」

見た目からして美形の光瑠に対して、直は一般人だ。確かに千春からは「可愛い」とは言われるが、だからといってちやほやされたりすることはいっさいない。

「カステラの話、最初にしたよね」

「あ、はい」

「君は恥ずかしがってるけど、君の投げるボールは全部面白いと思うよ。どんな球でも僕には新鮮で、君と話しているのが楽しい。探偵になったみたいに、君の仕掛けた謎を解いてみたいって思うんだ」

「………」

返す言葉が思いつかずに、直は口を半開きにして光瑠を凝視する。

「もちろん、他の人と話すときには、手順を踏んでゆっくりボールを投げることも大事だよ。だけど、僕といるときは遠慮しなくていい。君がのびのびと好きにしゃべってくれたら、すごく嬉しい」

そんなこと、言われると困る。

だってそれじゃ……ありのままのところが好きだって言われてるみたいで。

「あ、あの……それは……」

「ほかに好きなところは、ぽやんとして見えてガードが堅いところかな。このあいだも送り迎えするのにOKって言わせるつもりであのお店を選んだのに、全然だめだった」

さりげなく好きという言葉を連発されて、顔から火を吹くのではないかと思った。

だけど、そこでいちいち引っかかっていては話が進まない。

「わざとだったんですか？」

「当然だよ。君を僕のテリトリーに引っ張り込んだら、断れないだろうなって計算尽《ず》く。僕にも充分高いよ、あそこは。とっておきのデート用のお店だね」

光瑠はくすっと笑う。

高い店を選んだのは、直を光瑠のペースに引っ張り込むための作戦だったのだ。

しかもデート用って……。

「直くんは可愛くて歳の割にピュアですれてないのに、全然僕に落ちてくれない。髪の毛に触らせてくれたかと思えば、ご飯をご馳走したくらいじゃなびかない。手強《てごわ》くてびっくりするよ」

自分の何気ない行動を、ここまで深読みされているとは思わなかった。

答えられずにどぎまぎしていると、光瑠が苦笑する。

「本当に、どうしたら僕のことで頭をいっぱいにしてくれるのかな」

顔を覗き込まれて、直は「かなり、いっぱいです」としどろもどろになって告げた。

今も、くらくらする。

甘い蜜みたいな言葉、態度、何もかも全部に酔いそうだ。

光瑠が直に振りかけてくれる言葉は甘いけれど、それは甘すぎて噎《む》せ返りそう。直を窒息させるために、確信的に振りかけているのだろうか。

いや、それよりもこういうときに「好き」って言われたら、どう答えればいい？　僕も好きですって言えば、もしかしたらおつき合いが始まるのだろうか？

この「好き」の解釈で正解なのだろうか？

それはそれで、心の準備ができていない。

どうしよう……。

頰《ほお》を火照《ほて》らせたまま凍りついたように動けない直を見やり、光瑠は口許《くちもと》を綻《ほころ》ばせた。

「ごめんね、焦ってせかしすぎちゃったみたいだ」

「そんなこと、ないです」

「……じゃあ、とりあえず、帰ろうか」

「はい」

――あれ？

好きと言われても、そのあとにイベントが起きずに拍子抜けしてしまう。

交際のお申し込みがあるのかと思ったのに。

つまり、恋愛の好きではないってことかもしれなかった。

やっぱり、意識しすぎていた。期待しすぎだと直は頬を赤らめる。

虫がいいことを考えて、恥を掻くところだった。

「また、今度ね」

「……はい」

ちょうどホームにやって来た京浜東北線に滑り込んだ直は、ドアに寄りかかって目を閉じる。

まだ頬が熱く、クールダウンしそうにない。しばらくこのままでいればいいけど、家に帰るまでに治るだろうか。

「ふー……」

電車の中で深々と息を吐き出したものの、直を見ている人は誰もいなくてほっとする。

光瑠に好きだと言われたのは、嬉しい。

どういう種類の好意かまでは追求できなかったけど、like か love だったら、たぶん前者なのだろう。そうでなかったら、あんなふうに、好きなカステラの種類を答えるように簡単に「好き」とは口に出さないはずだ。

嬉しいけど、でも同時に、ただの友達なのがつらい。苦しくてたまらない。

これまでのふわふわした憧《あこが》れが、いつの間にか、すごく大きな気持ちになっていた。

ただ見つめていたい、言葉を交わしたい、あわよくばお茶でも一緒にしたい……それすら大それた願いのはずなのに、光瑠と個人的な関わりを持つようになってものすごく欲張りになっていたのだ。

知らなかった。

好きという思いには、まだその先がある。

誰かを好きになって、そこで終わりというわけではないことを。

5

携帯のアラーム機能のおかげで目を覚ました直はベッドから滑り降りると、真っ先にタオルケットと薄い羽毛布団を直した。ぴしっとしたところで満足し、カーテンを開ける。

陽射《ひざ》しが眩《まぶ》しい。

洗面所で顔を洗い、直はぱっと身支度を整える。室内のスペースはほぼ全部本棚に割いてしまっているので、洋服は作り付けのシューボックスに収納しているのだ。ちなみに一着だけ持っているスリーシーズン対応の背広は、玄関のクローゼットに放り込んである。

カジュアルなボタンダウンのシャツにデニムを合わせて着替えを済ませると、ろくにスタイリング剤の必要ない髪をブラッシングする。

それからコーヒーと遅めの朝ご飯だ。

コーヒーはドリップ式のものを淹《い》れ、そのあいだに白いボウルにコーンフレークを勢いよく落とした。コーンフレークは余裕があれば何か果物を買って入れるのだが、冷蔵庫の中は何もない。

「しまった……」

昨日、光瑠に会った帰り道にスーパーマーケットに寄った。

鞄に放り込んであったメモをなくしてしまい、うろ覚えでトマトと歯磨き粉のチューブを買ってきた。でも、今思えば、欲しかったのは特売のフルーツと練乳だったのだ。

……我ながら、どういう間違え方なんだろう。

動揺しすぎだ。

ともあれ、ボウルにたっぷりの牛乳を注ぐと、直はスプーンを使って食事を始めた。

途端に、脳裏に彼の声が甦《よみがえ》る。

好きなんだ。

好きなんだ。

好きなんだ……。

「うー……」

あのときの光瑠の声が、自分の中でエコーがかかっている。昨日からずっとこうで、もう何度、彼の台詞《せりふ》を脳内でリピートしたか数え切れない。

こんなふうに叫びたくなるようなわけのわからない衝動に、あの甘くて綺麗な人も駆られたりするんだろうか。こうやって朝から食卓で頭を抱えてみたり。

いや、それはないだろう。自分ばかりぐるぐるしていて、不公平だ。

「あっ」

悶々《もんもん》としているうちに、出勤時間が近いことに気づいた直は慌てて腰を浮かせる。

今日は早番で、開店から出る約束だったのだ。

アンジェリカに着いた直は、フロアに立った早川が本を弄《いじ》っているのに気づいた。

「おはようございます」

「おはようございます、叶沢《かなざわ》さん」

相変わらずスクウェアそのものの言葉遣いで、遊びというものがない。しかし、彼がどことなく機嫌がよさそうなのに気づき、直は思い切って話しかけてみた。

「あの」

「何ですか」

「その本、どうしたんですか？」

「ああ」

ふと彼の声が緩み、早川は一旦カウンターに置いた黄ばんだ書籍を取り上げ、直に差し出した。

「シリル……社長が来るので見せようと思いまして」

社長の話題なのに、今日の早川の態度には棘《とげ》がない。

著者は寺山修司《てらやましゅうじ》。『血と麦』というタイトルが、函《はこ》に青で印刷されている。

中指でくっと眼鏡《めがね》を持ち上げた早川が、どこか得意げに店内で視線を巡らせたのは、鎌田を探しているのだろうか。

鎌田といえばこのところ動きはないし、やはりストーカー説は千春の思い過ごしではないか。光瑠の送り迎えもそろそろ断るべきかもしれないと思いつつ、直は口を開いた。

「社長、お見えになるんですか？」

「その予定です」

「これ、どこで買ったんですか？　ネットですか？」

「いえ。これは先週、古本市で見つけたんです」

早川の声にも満足感が滲《にじ》むようだ。

「ってことはお買い得な掘り出し物だったんですか？」

今ひとつ古書の醍醐味がわからない直は、そう尋ねる。

「いえ。安くはなかったですね。状態がとてもよかったんです」

早川は苦笑し、愛《いと》しげに本の表紙を撫《な》でる。

「最近は、素人《しろうと》でも目が肥えた人が多いから、私は古本市にはあまり行かないんです。そういうところになかなか出物はないので。どちらかというと信頼する業者の紹介で買っています」

「そうなんですか」

「はい。知り合いだと、法外な値段を吹っかけてくることはまずありません。ですが、ごく希《まれ》に古本市で目玉商品に当たったり、うっかりミスで安い値付けをするものに行き合ったりするんです。だから、時々は古本市に顔を出します」

このままだと、稀覯本《きこうぼん》に関する早川のレクチャーが始まってしまう。

かといって早川は滅多にないほど上機嫌だし、どうやって切り上げようかと迷ったところで、千春が「店長」とタイミングよく声をかけてくれた。

「はい」

「ちょっといいですか。備品の補充なんですけど」

本にかける早川の意気込みは知っているが、直が臆さずに長い会話が成立できるようになるにはもう少し時間が必要だった。

「お帰りなさいませ、旦那様」

キッチンで安堂《あんどう》からシフォンケーキを受け取っていた直は、フロアに立つ千春のその声を背中で聞き流す。

「こんにちは」

光瑠だ！

まさか、昨日の今日で……？

緊張に心臓が激しく脈打ち、全身が耳になったように神経をフロアに集中させる。

どうしよう。心の準備なんて、全然できていないのに。

自然と指が震えてきてしまう。


「七番、ミントティーお願いします」

戻ってきた千春が、キッチンの中に入って注文を伝える。

「はい」

厨房の中で、安堂が千春に返事をする。彼の落ち着きぶりとは裏腹に、お冷やを用意していた直はがくがくと動いて挙動不審そのものだ。

「ちょっと、どうしたの、直くん」

「い、い、いえ、何も……」

「瀬南さんがご指名なんだけど、交代しても大丈夫？」

「平気、です！」

即答してから、しまったと思ったが、後の祭りだった。

だけど、いくら何でも、プライベートをアルバイトに引きずるわけにはいかない。

「どうぞ」

できあがったミントティーをテーブルに運ぶと、光瑠が話しかけてくる。

「ありがとう。今日のお勧め、ある？」

「今、持ってきます」

直はそう言って、カウンターに向かう。光瑠が来たら勧めようと思っていた本を、カウンターの中に取り置きしていたからだ。

カウンターの上には、不用心にも『血と麦』が剝《む》き出しで置いてある。ちょうどさっき鎌田が来たところなので、見せようと思って早川がケースから出したのだろう。

不心得な客などいないと思いたいが、こんなところに置いては盗まれそうだ。

「そうだ、直くん」

「はいっ」

唐突に背後で聞こえた光瑠の声にびくんと反応し、直は反射的に振り返る。

その肩が、レジカウンターに生けてあった紅葉《もみじ》の枝にぶつかった。

かたん。

音はごく静かだったのに、一輪挿しから溢《あふ》れ出した水は一気に零《こぼ》れ落ちる。

「あっ！」

まずい。慌てて手を伸ばした拍子に、カウンターに置いてあった早川のあの本が床に落ちた。

カウンターから滴《したた》った水は、その本の上にぽたぽたと零《こぼ》れていった。

「すみません、店長」

「いえ。あそこに置きっ放しにした私も悪いんです。それに、前からあの一輪挿しは皆がよく倒していたのに、変えようとしなかった」

「でも、大切な本なのに」

弁償しますと言えないのは、稀覯本がどれほど手に入れるのが難しいものか、直でさえもわかっているからだ。金額の問題ではなく、そもそも見つかるかどうかが重要なのだ。

「幸い、中は読めると思いますから」

「――だけど」

早川が傷ついているのは、その顔を見ればわかる。

本を好きな人間は、大事な書籍が傷つけば身を切られるように痛むのだ。そのことを自分だってよく知っていたくせに、馬鹿なことをしてしまった。

この広い世界に、数十年前に発行された詩集の初版本が何冊残っているだろう？

いくら寺山修司が有名だからって、その数はたかが知れている。

「本当に、申し訳ありませんでした」

項垂《うなだ》れるほか、ない。

「いいから、もう帰りなさい」

「はい。お疲れ様でした」

今日は早番だったので、これ以上することもなかった。

通用口を出たところで、直は人影を認めて足を止める。

「直くん」

「……光瑠さん」

驚いて目を瞠《みは》った途端に、ぼろっと涙が零れてそのまま止まらなくなり、一気に視界がぼやけた。

「今日はもう上がるって聞いたから。――大丈夫？」

そっと直を抱き寄せ、光瑠は胸を貸してくれる。しかし、こんな場所でぐずぐず泣いていては他のスタッフに見られかねないと思い返し、直は慌てて躰《からだ》を離した。

「す、みません」

安心したのか、悲しかったのか、嬉しかったのか。そのどれなのかは、わからない。

でも、光瑠を見た瞬間に張り詰めていたものが緩み、脆《もろ》くなったところから水が溢れてしまったのだ。

「もういいの？」

光瑠は拍子抜けしたように、ふっと首を傾げる。

「平気です。駅、行きませんか」

強がっている自覚はあるものの、これ以上光瑠に頼れない。

無言で歩きだすと、光瑠が口火を切った。

「気にするなって言うほうが無理だと思うけど、あれは事故だったんだよ」

「……はい」

ここで違いますと否定するのは、慰めてくれる光瑠に悪い。

早川は弁償しろとは、一言たりとも口にしなかった。

彼は言葉少なに「あそこに置いておいた私がいけないのです」と言うばかりで。

もっと責められるのかと思っていたため意外だったが、ずっと探していた本をだめにされて、早川はそれだけショックを受けていたのかもしれない。

「タイミング悪く声をかけて君をびっくりさせてしまったから、僕のせいだ。だから、一緒に同じ本を探そう」

「でも、ネットでざっと見たけど、なかったですから」

休憩時間に店のパソコンで調べたが、それらしいものは売っていなかった。

「それは探し方が悪いんだ」

「う」

「あ、ごめん。探し方はいろいろあるから、一つじゃないってことだよ」

「…………」

「玄人《くろうと》には玄人のやり方があるんだ。明日、神田に行って聞いてみるよ。君はバイト？」

「バイトは休みです」

無理だ。見つかるわけがない。

そうでなくとも、古書に詳しい早川がすごく苦労して手に入れた本なのだ。素人の直に、ぽっと探し出せるわけがない。

「店長さんが、それで許してくれるかわからないけど、誠意は見せないと」

「はい。だけど……どうして？」

「仕事で業者の知り合いはいるんだ」

なぜこんなに面倒を見てくれるのかと問いたかったが、光瑠は質問の意図を取り違えていた。

「仕事？」

「研究用の書籍を注文したりするからね」

「え？」

どういうことだろうと首を傾《かし》げた直に、「あ」と光瑠は初めて気づいたような顔をした。

「もしかして、僕、仕事のこと話してなかったっけ」

「何も」

「一応、J女子大学の講師なんだ。専攻は英米文学」

じゃあ、もしかしたら……千春が目にした女性たちは大学の学生じゃないのか。

「光瑠さん、先生なんだ……すごいですね」

「そうでもないよ。頑張ってるつもりではあるけど」

彼はやわらかく唇を綻ばせる。

道理でまったりとアンジェリカで本を読んでいても問題がなかったわけだ。平日暇そうな日があったのも、授業や研究会がない日だと考えれば合点がいく。

「どうしたの？」

「いえ、いろいろ納得して……」

ほっとした。

ミステリアスなところも素敵だが、肝心なところで相手の誠意を信じられないのは苦しいからだ。

「本当は前もってあたりをつけて探しておいてもらうのがいいんだけど、店長さんに誠意を示すためにも、早く動かないとね」

「はい」

「メールやネットで聞くよりも、実際に会って事情を説明したほうが、きっと親身になってくれるよ」

「はい」

「だから元気出して、今日はゆっくり休んで。明日は授業だけど、夕方からなら時間あるから」

「ありがとうございます！」

結局、光瑠の好意に甘えることにして、彼とは神保町の駅で待ち合わせることになった。

大きな失敗をしてしまったが、得られたものもあった。

光瑠の年齢と名前、勤め先までわかったのだ。

そのほかはまだ謎だけど、だいぶ彼に近づいた気がする。

そんなことを考えているうちに気持ちが軽くなり、ほんの少しだけ罪悪感を忘れることができた。


東京の古書店街といえば、神田神保町が一般的だ。神田には百数十軒の古書店があり、それぞれに個性を出している。

本来だったら古書店は日本の各地にあるため神保町に限定しなくてもいいのだが、やはりこれだけ一カ所に集まっていると効率的に回れる。

直も希に神保町に行くが、目当てはたいてい新刊書の早売りだ。できるだけ新刊を買ったほうがいいし、古書は絶版になったものを手に入れるくらいだ。前は足を棒にしなくてはなかなか見つからなかったような古書も、ネット古書店のデータベースの発達で比較的簡単に見つかることもあったし、もしくはネットオークションで手に入ることも多い。

直もネットオークションで購入し、大事にしまい込んでいる本はあった。

「ごめんね、心当たりに聞いたけど、やっぱりないって」

「そうですか……」

「まずは、案内所にあるパソコンで検索をかけてみよう」

「はい」

神保町にある本のデータベースを使えるスポットが、ここには何カ所かある。そのうちの一つで検索をかけてみたが、『血と麦』を置いてある店は見当たらないようだ。

「データベースに登録できていないお店もあると思うし、焦らずに地道に探すしかないか」

「だって、そう簡単に見つかるなら、早川さんだってとっくに……」

俯《うつむ》いた直の肩を両手で叩き、光瑠が「そうなんだけど」と告げる。

「こっち見て、直くん」

おずおずと目線を上げる直の目には、光瑠の淡い色味の双眸《そうぼう》が映った。

すごく、近い。

こんなに間近で見つめられるのは、初めてだ。

「気持ちはわかるけど、諦《あきら》めるにはまだ早いよ」

「…………」

「せっかく神田に来たのに、何もしないで無理だって決めたら、早川さんにどうやって誠意を示すのかな」

そのとおりだと、ずきりと胸が苦しくなる。

「すみません」

しゅんとした直の肩を叩き、「行こう」と光瑠が促した。

陽射しはうららとし、神田の街にはあたたかな秋の空気が満ちる。

この街を今、光瑠と一緒に歩いている。

それだけで気持ちが少しずつ落ち着いてきた。

とはいえ、光瑠が知っていた詩や劇作に強い古書店を三軒回っても、目当ての『血と麦』は見つからなかった。

「次が最後だな」

一軒の古書店を指さし、光瑠は店内に優雅に入っていく。直も急いで彼の後を追った。

「じゃ、ちょっと聞いてきます」

「うん」

さすがに店に連れ来てもらっても、聞くのまで光瑠に任せきりにするわけにはいかない。

直はレジに近づき、店員に声をかけた。

「すみません。寺山修司の初版本を探してるんですが」

「何の本ですか？」

「『血と麦』です」

「ああ、あれねえ」

レジカウンターの奥にいた初老で眼鏡をかけた男性が、思い返すように口を開いた。店長だろうか、おっとりとした物言いをする。

「このあいだ入ったばかりだけど、売れてしまったんですよ。待っていればまた入ると思いますよ。入ったら連絡を差し上げましょうか？」

「あの、僕はすぐに入り用なんです」

幻の名品でないらしいことはわかってほっとしたが、あてもなく待つわけにはいかない。

「そうは言っても、これればかりは運だからねえ。今まではずっと入らなかったのが突然立て続けに入荷したり、待つほかありません」

仕方ないのだと言い聞かせるような、穏やかな口調だった。

どうしよう。

これから回る書店にも置いてあるかどうか、ひどく不安になってくる。

「ありがとうございました」

頭を下げた直がふらふらと入り口で待つ光瑠のもとへ近寄ったとき、ドアがぎっと開いた。

「叶沢《かなざわ》さん？」

聞き覚えのある、硬質な響きの冷徹な声――。

「店長っ！」

ぎょっとした直は目を見開く。

「ど、どうして、ここに……？」

背広を身につけた早川は、さも不審そうな様子だった。彼はレジカウンターの中の老人に目線だけで挨拶し、少し離れたところに佇む光瑠の背中に目を留める。しかし、光瑠が背を向けたまま微動だにしないので、早川はすぐに直に視線を戻した。

「ここは私の行きつけなんです。寺山はここが有名ですから」

「あ、はあ、そうなんですか」

それでも鉢合わせになると思わず、直はしどろもどろになる。

「あなたは？」

「えっと、あの……その……」

「もしかして、同じものがあるか見に来たんですか？」

図星だった。

ぐうの音《ね》も出ない直を見下ろし、彼は仕方ない奴だとでも言いたげに微《かす》かに笑う。

こんな笑顔を彼が見せるのは、初めてだった。

「あの件は、気にしなくていいんですよ」

「よくないです！　店長がずっと探していた本を、僕は台無しにしちゃったんです」

「もとはといえば、シリルに自慢しようと思ってた私が悪いんですから」

早川の言葉には、自戒の念が満ちている。

「貴重な本の持ち主は、そこまで責任を持たなくてはいけないのに、私は自分の役目を怠った。当然の結果です」

早川は他人に厳しいが、それ以上に自分自身にも厳しいのだと実感してしまう。

「だから、気に病む必要はありません。それに、あの本は私の手許にもう来てしまった。あれこそが、私にとって運命の本なんですよ。たとえ、どんな姿になろうと。だから、あなたは、アンジェリカでのバイトをまっとうすることを第一に考えてください」

「……はい」

まだしょんぼりと肩を落としている直を見て、ふと「ああ」と彼は呟いた。

「そうですね。——どうせ探すなら『血と麦』の赤版を見つけてください」

「赤版？」

「タイトルの色です。これが赤と紺の二種類あるんです」

わずかに早川は悔しげな顔になる。

「シリルが二冊揃《そろ》いで手に入れる前に、買いたいと思っています」

「それ、いくらくらいなんですか？」

おそるおそる直が尋ねると、彼はあっさりと「紺は七万円でした」と告げる。

「七万円!?」

人気《ひとけ》のない古書店に、直の声が響いた。

要するに自分は、七万円もするものにダメージを与えてしまったのか……。

考えただけでも貧血が起きそうだった。

「よそでは八万で見かけました。赤は単体であれば、十五万円前後で見かけるそうです」

「ということは、赤の価値は倍……ですか……？」

「ええ」

いつもの癖で眼鏡を中指で押し上げ、早川は頷いた。

「それでしたら、買ってくださって構いませんよ？」

「……すみません、無理です」

潔く頭を下げた直に微かな笑みを向け、「冗談です」と告げる。

「古書とはそういうものです。これがあの本の運命だと思っていますから……次からお互いに気をつけましょう」

店の奥に向かう前に早川が「また明日」と言い残したので、これ以上探すなという意だろうと解釈し、直は店を出ることにした。

目配せしてから店外に出た直を、ややあって光瑠が追いかけてくる。

「よかったね。店長さん、あまり怒っていないみたいだった」

「はい」

初めて、早川の考え方に触れられた。何だかとても潔くて、眩しいくらいだ。苦手な上司だったはずなのに、そんなことも忘れてしまいそうだ。

「つき合ってくれて、ありがとうございました」

直は店から離れたところで止まり、光瑠に丁寧に頭を下げる。

まだ早いけど、時刻は五時になろうとしている。この時間帯ならば居酒屋も開いているし、光瑠にお礼をする余裕はあるはずだ。

「お礼にご飯、奢らせてください。今日、つき合ってもらったから」

「構わないよ、本は見つからなかったから」

その言葉に、直は首を振った。

「今のままじゃ僕、光瑠さんに助けられてばっかりで、借りだけがどんどん積み上がってるみたいで嫌なんです」

それに、光瑠が神田に誘ってくれなければ、こうして早川と話もできなかったはずだ。罪悪感を抱えてうじうじして、最悪、バイトを辞めていたかもしれない。

「いいんだよ」

「え？」

「僕は貸しをたくさん作って、君を雁字搦《がんじがら》めにしてるところなんだ」

ぽかんとして直は目を瞠り、光瑠の端整な顔を凝視した。

「そうなんですか？」

「うん。大人ってずるいよね」

あまりの言いぐさにどう対処すればいいのか動揺している直を、光瑠は見下ろしてくる。

「だから、割り勘でどこか飲み屋にでも入ろう。ね？」

「でも」

光瑠は唇を綻ばせて、前髪をさらりと掻き上げた。

「気持ちだけでいいんだ。君は僕に、きらきらした気持ちをたくさんくれる。それだけで僕はすごく新鮮で、嬉しいんだよ」

きらきらしたものをもらっているのは、直も同じだ。

光瑠も自分と同じ思いを抱えているのだろうか？

好き、という言葉が甦《よみがえ》ってきて、突然、耳まで熱くなった。

「わかりました」

口の中がからからに渇いて、今はそう言うほかなかった。

「直くん、大丈夫？　飲み過ぎちゃった？」

田端駅のベンチに腰を下ろし、直は首を振る。

飲み過ぎたというよりは、ふわふわと気持ちよくて、甘い気分というくらいだ。

直が飲んだのは、生搾りのグレープフルーツサワーと梅酒のソーダ割りだけだったし。

「水、どうぞ」

「送ってもらって、すみません」

背もたれに寄りかかった直は蓋の開いたペットボトルを受け取り、それを唇に近づける。

「すみません、僕……何もかもだめすぎて」

「君は全然だめじゃないよ。知り合って日の浅い僕がこんなことを言うのは、ちょっと嘘っぽいかもしれないけど」

だって、と直は口の中でもごもごと呟く。

酒の勢いで愚痴を言うなんて、みっともない。なのに、今夜は止まらなかった。

「今日も光瑠さんがいないと何もできなかった。情けないです」

「君なりに頑張っていると思うよ」

慰められると、ますます自分の小ささにいたたまれなくなる。コンプレックスを刺激されてしまう。

直だって、光瑠みたいな完璧な大人になりたかった。

「変わらなきゃいけないってわかってるんです。欠陥だらけだから、何とかしなくちゃいけないって」

「欠陥？」

「本とかそういうのがないと、上手く人と関われないし。全然だめでしょう」

「そう？　僕とは問題なく関わってるよ」

素《す》のままの自分では、怖くて勝負できない。何かがなければ、誰かと関わるのも怖い。

「それは、古本とか……アンジェリカとか……そういう媒介があるし」

自分が何を言っているのか、よくわからない。これじゃただの酔っ払いだ。

「じゃあ、聞くけど、どうして欠陥があったらだめなのかな」

「え？」

「欠陥だっていいじゃないか。完璧である必要なんて、ないよ。そうでなかったら、たとえば落丁本なんて市場に価値はない。でも実際には、落丁だから価値がある本だってあるよね。それでも気になるなら、自分の中の許せない部分だけ変えればいい」

直には、何も言えなかった。

光瑠の言葉は、ひとつひとつがまるで星みたいだ。もしくは宝石だろうか。

光る、瑠璃《るり》。

そんな意味を込めたであろう彼の名前にはぴったりだ。

一言発するごとに宝石を吐き出す姫のように、彼は言葉だけではなく、別の何かも生み出している。

昔、シャルル・ペローの童話でそんな話を読んだっけ。

酔っていると思考が曖昧《あいまい》なぶん、普段は忘れていたことまで手繰《たぐ》り寄せられる。

駅のプラスティックのベンチは尻が痛くなり、もぞもぞと動いたところでもう一度ペットボトルから水を飲む。

「僕は君が好きだよ」

酔っ払い相手なのに、光瑠は真摯《しんし》だった。

「君の言葉は全部、僕には宝物なんだ。君は気づいてないだろうけど」

赤くなってしまった直の頰に触れ、光瑠は笑みを浮かべる。

見つめられてる。

そう意識した刹那《せつな》、躰が動かなくなった。

しかし、次に光瑠はひどく真面目な顔になり、険しい顔つきで前方を見据えた。

整った顔立ちの人が真顔になると、すごく怖い。まるで愛想のないマネキンみたいだ。

いったい、何だろう?

「あの、光瑠さん……？」

「——ああ、ごめん」

何かを考え込んでいる様子だったが、光瑠はそれきり口をつぐんでしまう。

そして次の瞬間には、いつものやわらかな表情を取り戻していた。

「じゃあ、行こうか」

「え」

「君の家。送るよ。早く帰らないと、明日も学校だよね？」

「だけど」

慌てて立ち上がった直はふらついて、思わず光瑠に抱きついてしまう。

「わっ、す、すみません」

「いいよ。摑まって」

「……はい」

酔っているから、いいことにしてしまおう。

明日になって忘れたふりをしてしまえば、今ならばどんなに恥ずかしいことをしても、甘えてしまっても許される気がした。

いつもは早く家に帰りたくてそそくさと歩く道。だけど、今はその距離が惜しい。

それでもアパートの近くでいいと遠慮したのに、光瑠は「外階段は危ないから」と言って、直を部屋まで連れ帰ってくれた。

「鍵《かぎ》は？」

のろのろと鍵を手渡すと彼がドアを開けてくれ、直は倒れ込むように家に上がった。

靴を脱いで這《は》っていくと、先に彼がリビングの電気を点《つ》けてくれる。

「ふう……」

ぱたりとベッドに倒れ込んだ直の上着に手をかけ、光瑠が脱がせてくれる。

窮屈だった躰が、楽になった。

「もう大丈夫？」

見下ろされて、直の心臓はぎゅうっと痛くなる。

休日の夜、渋滞が終わったときの、あのたとえようもない淋しさ。

大好きな人とのやわらかな時間が終わり、孤独に打ち震えるせつなさ。

そんなものが一気に押し寄せてきたのだ。

「……やだ」

直はぎゅっと光瑠の腕を握った。

こんなふうに自分の意思で動くのは珍しくて、直は自分で自分に戸惑っていた。

「直、くん？」

「まだ、行かないでください」

「え？」

「あと五分でいいです。すみません、終電危ないのに」

一人になったら、きっと、淋しさに押し潰《つぶ》される。

「でも、僕……」

家族と離れて一人暮しを始めると、自分の中にぽっかりと穴ができたみたいだった。

他人と上手く接する方法を探さなければならない、という両親の言い分はわかった。

しかし、家庭という堅牢な繭《まゆ》の中から追い出された直にとっては、死活問題で。

あのときからずっと、埋めがたい淋しさを感じている。

「――直くんにとって、僕は何なのかな」

不意に、光瑠の声が一トーン沈んだ。

「え」

「安全圏にいる男？　僕は君に、好きって言ったよね？」

「だけど、それって」

どういう意味なのか、解釈しきれなかった。

「みつ、光瑠さん、……その……ゲイなんですか？」

「バイ寄りのゲイかな。今聞くのは反則だよ。もしかして、僕の言う『好き』も冗談だと思ってた？」

「違う、けど……その、友達としてかと思って……」

直はしどろもどろになった。

「僕のこと、そういう意味で意識してなかった？」

「………」

「わからないの？」

少し自嘲するように、光瑠は口許を歪《ゆが》める。

「じゃあ、教えてあげるよ。好きな子のそばにいて、何もできないのはつらいんだ」

何かしたいのなら、何をしてもいいのに。遠慮する理由なんてない。

「していいです。僕も、光瑠さんのこと……」

好きだと、言いたい。

けれども、言ってしまったらどうなるんだろう？

その一歩を踏み出したら、明日から光瑠とどうやって接すればいいのかわからなくなる。

だってまだ、光瑠の言葉が信じられない。

「光瑠さんと、したいから」

「直くん」

光瑠がそっと直の髪を撫でて掻き上げる。

額が剝き出しになったところに、彼が「可愛い」と呟き、こつんと額をぶつけてきた。

「そういうこと、好奇心で言っちゃだめだよ」

近すぎて、顔が見えない。

吐息が頬や口のあたりにかかって、くすぐったいはずなのにそうとさえ思えなかった。

近い。どうしよう、何すればいいのか……。

「どうして？」

「どうしてって……つけ込まれて、こういうこと、されるよ」

唇に、あたたかいものがぶつかる。

キスだ。

初めての、キスだった。

「ン……」

熱い。

ただ触れ合っているだけなのに、びりびりと痺《しび》れるみたいだ。心臓が震えてる。

口に変な風に力が入って、今、きっと自分はすごく妙な顔をしてるだろう。

「ごめんね、怖がらせて。このあたりでやめてほしい？」

「…ううん」

微かに首を振った途端、肩を押さえつけられた。

「口、開けて」

言われたとおりに口の緊張を解いて、軽く唇を開いてみる。

キスって、気持ちいい……。

舌を入れられて、ぞくっと甘い信号が全身を走った。

震えすぎて、心臓が痛い。ぎゅうぎゅうする。

「ン……ん、んっ」

光瑠の舌が歯をなぞり、そして微かな隙間《すきま》から口腔の中に潜り込んだ。

これが光瑠の味、なのかな？

光瑠の舌で自分のそれを叩かれて、頭の奥がじんわり痺れる。舌端《ぜったん》でくすぐられてるんだと気づくまでに、少し時間がかかった。

ただ口と口を合わせてるだけ。舌と舌を重ねるだけなのに。

それがすごく気持ちいいのは、この人を好きだからだ。

自分の心と躰を委《ゆだ》ねて、誰かと蕩《とろ》け合ってるみたいな快楽。

口を閉じられなくなったせいで、唾液がつうっと溢れている。なのに、少しでも動けばこのキスが終わってしまいそうで、凍ったように動けない。

「あ」

身動《みじろ》ぎした光瑠が小さく呟き、直はどきりとする。

「感じちゃったね」

「うあっ⁉」

手を伸ばした彼にデニムの上からそこを撫でられてしまい、思わず悲鳴を上げてしまう。

色気も欠片《かけら》もないのに、間近で見た彼は至極幸せそうに優しく笑った。

「僕のキスで、感じてくれたんだ。嬉しいな」

「うん、んっ……なに⁉」

光瑠が器用に直のデニムの前をくつろげて、そこから性器を出した。

嘘……。

酔いも吹っ飛びそうな衝撃だった。

「触らせて。これじゃ苦しいでしょ」

「だ、だって……あ、あ……汚い…そこ、ぬるって……して……」

混乱して自分でも何を言ってるか、わからない。

必死になってやめてほしいと言ったつもりだったのに、光瑠は「平気だよ」と告げる。

「好きな子に触るのは、嬉しいよ」

「ほ、ほんと？」

「うん」

光瑠が囁《ささや》いて、それをくるむように手指で包み込み、手全体を上下にそっと動かした。

「は…ッ…み、光瑠、さん……好きって、言ってくれる……？」

「何度も言ったじゃないか。——好きだよ」

からかうような口調が、甘い。

そうか。

光瑠がちりばめてくれる金色のスプレーの正体が、わかった気がする。

蜂蜜に似ているんだ。

甘くてきらきらして、それでいて重くてとろっとしてる、直の大好物に。

「どう、しよ……変だ……変だよ……」

「誰かに触られるの、初めて？」

「うん、はじめて…キスも……」

「じゃあ、ますます君を大事にしないとね」

さするように何度も往復されるだけで、腰がじくじくと熱くなる。もっと強く、激しくしてもらえたら、すぐにでも達《い》けるのに。

達きたい。

光瑠の手で、いやらしいことをされたい。恥ずかしいことをしてほしい。

そう考えるだけで、体温が上がるみたいだ。

「あ、あっ……あっ」

ほかに何か言えることがあるはずなのに、緩急をつけてそれを弄《もてあそ》ばれると、上手く声が出なかった。

頭が真っ白になる。

ぎゅっと腿《もも》に力が籠《こ》もり、次の瞬間、直は光瑠の手の中に精を吐き出していた。

「え……？」

「たくさん出たね」

「う、う……うそ……ごめんなさい……！」

射精した余韻なんだろうか。

「可愛いよ」

躰に力が、入らない。呂律が何とか回っているのが、奇跡的なくらいだった。

ぼうっとしていると、手を拭った光瑠が髪を撫でてくれた。この手でされたことを思い出すとよけいにいたたまれなくて、つい振り払ってしまう。

「……」

「す、すみません！」

馬鹿！

いくら恥ずかしくなったからって、こんなのは誤解を招いてしまう。

「今の、そうじゃなくて……違うんです」

弁解したくても、考えがまとまらない。よけいなことを言ってしまいそうで、怖くて言葉にできなかった。

「いいんだ。君の反応も当然だ」

光瑠は首を振り、起き上がった直の前に膝《ひざ》を突いた。

彼はどこか蒼褪《あおざ》めた顔で、直の双眸を射抜くように見つめてくる。

打って変わって張り詰めた空気に、直は自ずと身構えた。

「――ごめんなさい、直くん」

深々と頭を下げられ、何かが胸に突き刺さったように苦しくなった。

息ができない。

「…どうして、謝るんですか？」

何とかそう聞けたことが、我ながら奇跡的だった。

「僕が悪いからだよ。いくら何でも、焦りすぎだ」

「え？」

言葉が、出ない。

そうじゃない。光瑠は悪くないのに、どうして。

「君が酔っ払ってるのに、つけ込んだ。手順を踏もうと思ったくせに……大事にしなくちゃいけないのに、我慢ができないなんて最低だ」

「違うんです！」

「違わないよ」

光瑠はやけに怖い顔をしていた。

直の行動が彼を誤解させ、傷つけてしまったのではないか。

「このままだと、自分に自信がなくなる」

表情を引き締めた彼は立ち上がろうとした直に寝ているように身振りで示す。

「また明日、お店に行くよ」

「……でも」

「こんなときに話しても、冷静になれないし。明日にしよう」

僕だって大人です、と言いたかった。

お酒は入っていたものの、自分の意思で光瑠に身を任せたのに。

だけど、恋愛経験ゼロの直にとっては、こういうときはどうするのがセオリーなのかまったくわからずに混乱するばかりだった。

謝らなくてはいけないとわかるが、それは今じゃないのだろうか。

直はへたりと脱力し、改めてベッドに横になる。

緊張しきっていたせいか、脚の筋肉が痛い。

こんな状態で眠れるわけがない。そう思ったのに、まるで眠りの精に粉をかけられたみたいに、鈍い眠りに直は引き込まれていった。

6

大学の授業のあいだ、光瑠はぼんやりと頬杖を突いていた。

来週からは十一月で、学園祭もあるし、各種レポートの提出も近い。テストの前に就職の相談会が始まって……とにかく、気を引き締めなくてはいけないんだ。

なのに、まったく集中できなかった。

当たり前だ。

あんなことがあったのは、昨晩なのだ。

今日の授業が二限からでよかった。一限には間に合わないくらいに寝坊してしまい、朝食も光瑠がいつの間にか買っておいてくれたゼリータイプの飲料で済ませた。

昨日のことは、夢じゃない。

光瑠からは、今朝、『昨晩はすみません。また連絡します』という簡潔なメールが届いていた。

顔文字も絵文字もデコも何もない、素《そ》っ気《け》ないメール。

いつもはそれが大人っぽくていいと思っていたのに、今日に限って、味気なく感じられた。

光瑠に会いたい。

会って、聞きたいことはたくさんある。何よりも、彼に謝罪しなくては。

今日アンジェリカに来てくれれば、そこで話ができる。

気もそぞろのまま経済原論の授業を終え、直はさっさと立ち上がる。

本来だったらバイトは二時からだが、昨日の『血と麦』の件もあるし、早川にもう一度そのことを謝りたかった。

アンジェリカに向かうと、早川はスタッフルームでパソコンのキーボードを叩いていた。

「おはようございます」

「ずいぶん早いですね、叶沢さん」

「あ、ええ……まあ、はい」

歯切れの悪い返事になる。

「本のことは、謝罪は不要です。それよりも、あの方とは個人的な知り合いだったんですね」

「！」

そうだった。

早川のことだから光瑠を認識している可能性はあるとわかっていたが、あのとき特に追及する様子もなかったので、直も気にしていなかったのだ。

「すみません……その……あの……」

「一応不問に付しますが、店では気をつけてください」

「はい」

しっかり釘を刺されて、直は「わかりました」と答えた。

着替えてからどきどきしつつフロアに出たが、光瑠の姿はない。

今日は来るという話だったし、今朝方のメールにも来られなくなったとは書かれていなかった。

何かあったんだろうか。

もちろん、昨日の今日で顔を合わせたら、それこそ火を噴きそうなほどに恥ずかしい。

だけど、来ると予告されて来てくれないというのは、何か不興を買ったのではないかと不安になってしまう。

そんなことを悶々と悩んでいるうちに、閉店の時間になってしまった。

帰り際にアンジェリカの裏口を行ったり来たりしてみたが、やはり光瑠の姿はなくて。

結局、千春と連れ立って帰ることになった。

「直くん、今日、瀬南さん来なかったね」

軽い口調を装っているものの、千春なりに気遣ってくれているのは言葉の端々からわかった。

「……はい」

千春に光瑠の話題をされると、胸がぎゅっと痛む。

「元気ないね。瀬南さんが来なかったから、へこんでるの？」

そのとおりだ。

嘘をついても仕方がないので、正直に直は頷いた。

「だったら、会いに行ったら？　いつも瀬南さんのアプローチ待ってるだけじゃ、飽きられちゃうよ」

「でも、僕からって迷惑じゃないかと……」

だって光瑠のことは、ろくに何も知らないのだ。

名前と年齢、それに勤務先くらいしか。

「迷惑だと思ってたら、アンジェリカにだって来ないよ。あ、いや、来るかもしれないけど、いろいろつき合ってくれないでしょ」

「そう…かな……」

「直くんから見て、八歳年下の子ってどんな感じ？」

「中学生くらい？　すごく子供だと思います」

「でしょ。だけど、瀬南さんは対等の目線で話してくれたんでしょう？　それって、直くんのいいところをわかっていたからじゃないのかな」

そうなのかもしれない。

子供扱いもされていたけれど、それだけじゃなくて。

光瑠の注いでくれた甘い蜂蜜みたいな言葉はひとつひとつが、心地よかった。

一歩も踏み出せないで萎縮する直に誠意を尽くし、優しくもきらきらした言葉で日々を彩ってくれた。

けれども、いつも直は自分からは何もしなかった。

光瑠を好きでも、何かが動きだすのを待っているばかりだった。

だめだ、そんなのは。

それじゃ、絶対に何も変わらない。いつも変な方向にボールを投げている、だめな子供で終わってしまうだろう。


次の日も、光瑠はアンジェリカに現れなかった。

メールで『しばらく会えません』という連絡があっただけで、事情も何も記されていない。

ちょうどその次の日——火曜日は授業がないので、直は自分から彼に会いに行こうと決めた。

引っ込み思案な直にとっては、かなりの一大決心だ。

瀬南が勤務するJ女子大学は、品川にほど近いところにある。携帯電話のナビを参考に、直は女子大を目指した。

——それにしても。

大学に近づくにつれ、次第に若い女性が多くなってくる。

普段は大学も秋葉原界隈も女性比率は低いため、こうして集団で同年代の女性を見ると萎縮し、緊張してしまう。

気のせいか、空気の匂いまで違うみたいだ。

正門らしきものが見えてきたが、次第に直の足は重くなる。

用事がある以上は門に入ることはできるけれど、考えてみれば、自分は光瑠の職場に押しかけていることになるのだ。

それってあまりにも非常識ではないだろうか？

大学は教授陣の名前を公表しているし、門戸が広く出入りも自由なのであまり気づかなかった。けれどもこれは、会社勤めしている相手であれば絶対にできない暴挙だ。

しかし、ここまで来てしまった以上は後に退《ひ》けない。

ぴたりと足を止めた直は、正門のところから中を覗き込む。行き交う女子大生がちらりと直に視線をくれたものの、気にしている様子はない。おそらく交流サークルの学生だと思われているのだ。

「…………」

かなり入りづらい。

困ってしまってうろうろしていると、軽やかな足取りが近づいてくる。不意にそちらに顔を向けると、ショートカットの女子大生がにっこりと笑った。

「うちの学校に用事ですか？」

思ったよりも気軽に声をかけられて、直は「あ、あの」と言葉に詰まった。

「大学見学じゃないわよね」

「その……ここの先生に用事があって」

彼女がさりげなく脇に避けたので、直もそれに倣う。

「あ、そうなの？　なら、教員棟までつき合ってあげようか」

「ありがとうございます」

直はぺこりと頭を下げた。

「学部は？」

「文学部の瀬南先生です」

「瀬南？」

聞いたことないなあ、と言いたげに彼女は首を傾げる。

「瀬南なんて先生、うちの学部にいないと思います」

「え」

信じがたい発言に、直は目を見開く。

「あ、でも、講師って言ってましたけど」

「講師にもいないと思うなあ。ちょっと待っててね」

考え込んだ顔をしつつも、彼女は自分のスマートフォンを取り出して操作する。

「ほら、これがうちの学部の時間割」

「見せてもらっていいですか？」

「どうぞ」

ＰＤＦの文字は小さかったが、画面の中に見える名前は、どれも知らないものばかりだ。

試しに教養課程も見せてもらったが、やはり瀬南の名前はない。

光瑠は、この大学の講師ではないのか。

だとしたら、彼はいったいどこの誰なのだろう？

ぐらりと地面が揺れたような気がした。

知っているのは、名前と電話番号、携帯のメールアドレスだけ。住所も知らないし、教わったはずの勤務先も嘘だと、たった今判明した。

嘘をついているようには、見えなかったのに。

「大丈夫？　顔色悪いよ？」

「平気です。ありがとうございました」

彼女の顔もろくに見ないでぺこりと頭を下げた直は、坂道を下り始める。

よく小説にある「おぼつかない足取り」というのはこういうものかもしれない。

地面を踏んでいる感覚が、ない。

まるで豆腐でできた大地を踏んでいるかのようだった。

そうした理由までは不明だが、とにかく直は騙されていたのだ。

どうして、直だったんだろう？

アンジェリカの店員という以外、取り立てて目を引く要素はないはずだ。彼はいったい、何が目当てだったのか。

考えたところで、わからない。

とはいえ、自分は失恋したんだというのはわかる。

だってそうだろう？

普通は、好きな相手だったら本当のことを言うはずだ。

それが言えないのは、本気じゃないせいに決まっていた。

ぽつんと足許に何かが落ちる。

雨？

違う。

慌てて頭上に目を遣《や》ると、空は快晴だ。

涙だ。

自分が泣いていることに、直は初めて気づいた。

肩を落として帰宅した直は、思い出したようにパソコンに向かってネットでＪ女子大学のホームページを呼び出す。文学部の職員紹介があるだろうと、突然、思いついたのだ。

五十音順のリストには、やはり瀬南の名前はない。

最後までチェックしようと思ったが、途中で馬鹿馬鹿しくなった直は、ブラウザを閉じてしまう。

偽名だと考えれば、光瑠が最初に赤外線でデータを交換するのを嫌がったこともわかる。

登録されたデータの一部を教えるのは簡単だが、買ったばかりのスマートフォンではうっかり本当のことも伝えかねないからだ。

どこまでが嘘で、どこまでが本当なのかわからない。

光瑠というきらきらした彼に似合いの名前も嘘なのだろうか？

偽名にしてはやけに派手だが、どういうセンスなのかと突っ込む気力もなかった。

世界の終わりって、こんな感じがするのだろうか。

ベッドに横たわったまま、直はため息をつく。

もう、嫌だ。このまま芋虫になってしまいたい。

朝目が覚めたら虫になっていた、ザムザが正直言って羨ましい。

光瑠のことが、好きだった。

ううん、今でも現在進行形で好きだ。

初めてまともに好きになって、片想いして、デートもして、キスをして……あんなことをしてしまって。

恋愛の経験がゼロの自分が欲張ったから、神様に意地悪をされたのだろうか。

いずれにしたって、最悪だ。

「あーあ……」

こんな日には洗濯物をまとめて片づけて、それからパウンドケーキでも焼いて、のんびりしよう。

失恋を噛み締めるのにぴったりな小説を何か探して、美味しいお茶を淹れて。

そう思った瞬間、じわっと涙が溢れる。

そういえば、本をじっくりと読もうと思えるのも久しぶりだった。

このところはいつも光瑠のことばかり考えてしまって、それどころではなかったからだ。

ついでだから布団も干そう。

そう思ってシーツを剝《は》ぎ取ると、このあいだの夜のことがやけに鮮明に甦ってくる。

あれから何度シーツを洗濯したと思っているんだ。

「う……」

鼻の奥がつんと痛い。

どこで行動すれば、よかったんだろう。

最初にもっときちんと光瑠のことを知ろうとしていれば、騙《だま》されずに済んだのだろうか。

だいたい、彼が自分を騙す理由がわからない。

金は明らかに持っていないし、顔だってちょっと可愛いくらいで、光瑠のほうがずっと美人だ。

アンジェリカにある稀覯本が目当てとか？

しかし、それだったら、店長の早川にアプローチをかけたほうが早いだろう。

もしくは最初は好意があったけれど、直のだめっぷりを目にして嫌になってしまったとか。

そうであれば、納得がいく。

だから途中で嫌になって、偽の職場を教えたのだ。もし直が光瑠に相応《ふさわ》しいと判断していたなら、きっと彼は直に正しい情報を与えていたことだろう。本のために神田につき合ってくれたのも、彼なりの責任感のせいに違いない。

へこんだ気持ちのまま、直はその場に座り込む。

「うう……」

ぐずぐずと泣くのは、今日だけは自分に許してあげよう。

とにかく、すべては終わったのだ。

そう思わなければ、区切りをつけられそうになかった。


誰かを好きになるのが初めてなら、振られるのも初めてだ。

ジェットコースター並みのスピードで一つの恋が終結し、直の日常はまたグレーになった。

きらきらとした蜂蜜色のシロップを振りかけてくれた光瑠は、もう、ここにはいないから。

我ながら後ろ向きだが、光瑠からの着信は拒否することにし、携帯のメールも受信拒否リストに入れてしまった。

今はもう、光瑠に何を言われても信じられそうにない。

鎌田の魔の手から守ろうなんて思っていた自分の空回《からまわ》りぶりが、馬鹿みたいだと思った。

「ご注文は何になさいますか？」

マニュアルどおりに尋ねると、女性客は迷ったようにメニューをひととおり眺めてから「ハーブティー、ミントでお願いします」と答えた。

「はい」

「それから焼き菓子セット。こっちのフィナンシェのほう」

「かしこまりました」

接客は上の空でも、できる。

優しいお客さんとたまに趣味の話をする。

好きな本にだって囲まれている。

なのに、前ほど楽しいと思えないのだ。

……重症だ。

すぐにハーブティーと焼き菓子を用意できたので、直は彼女の座るテーブルへと運んでいく。女性はテーブルに携帯電話を置き、やって来た直に笑顔を向けた。

「ここのお店、本をお勧めしてくれるんですよね？」

「はい」

直が営業用の笑みを浮かべると、「よかった」と彼女はぽんと手を叩く。

「だったら私も勧めてもらおうかな。今、待ち合わせまでのあいだに読める本」

「あ、でも……僕、アルバイトなので」

「でも本は好きでしょう？」

「はい」

「だったらいいじゃない。ね？」

そうなると言い訳もできないので、直は頷いた。

「まず、何時に待ち合わせですか？」

「六時だから、十五分前に出ていく予定」

「そうすると、あと一時間半ですね」

一時間半で読み切るのであれば、薄い文庫本か短編集あたりがお勧めだ。

「普段はどんな本を読まれますか？」

「うーん、好きなのは実用書かな」

「それなら、きっと読みやすいものがいいですよね」

「そうね。小説なら、日本のものをよく読むかも」

「わかりました」

本当ならば、日本の作家のほうが馴染《なじ》みやすいだろう。ここでは星新一など挙げるのが定番だろうが、彼の作品はどれも短すぎる。

一度書棚に向かった直は、外国文学の棚から一冊の文庫本を手に取る。そして、真《ま》っ直《す》ぐに彼女のテーブルへ戻った。

「でしたら、これがお勧めです」

「ロアルド・ダール？」

「はい。あの、どうしてこれを選んだのか、少しだけ説明してもいいですか？」

彼女が不審げな顔をしているので、直は珍しく自分から切り出した。

「『チョコレート工場の秘密』って小さな頃読んだことありませんか？　映画にもなりましたけど」

「懐かしい！」

彼女ははしゃいだ表情になった。

「あ、そういえば、どうしてこれを勧めたの？」

「携帯ストラップです」

彼女は不思議そうに自分のピンク色の携帯電話を取り上げた。

「ストラップ？」

「すみません、そこに置いたのが見えていて。ストラップがウォーリーとムーミンとミッフィー……もしかしたら、児童文学がお好きなのかと思ったんです」

それでも小説より実用書が好きだというのなら、ロアルド・ダールを読んだことがないだろうと考えたのだ。

「ふうん、その発想は面白いわ。ありがとう、読んでみます」

「はい」

どうしてその本を選んだのか、きちんと説明すること。

点と点にしないで、自分がどう思うのか線として話す。

それは光瑠が教えてくれた、ごく基本だけどとても大事なことだった。


——面白かったです。この本、借りていってもいいですか？

最後に残された言葉は、まるで勲章だ。

共感したり、されたり。

そういう積み重ねがこんなに心に響くものだと、直はずっと忘れていた気がする。

本当はこの話を光瑠にしたかったが、彼との関わりは絶つのだからと自分に言い聞かせる。

こんな日に限って千春も休みで、直は一人でこの嬉しさを嚙み締めなくてはいけなかった。

嬉しさだけじゃなくて、悲しさもだ。

肩を落としつつ秋葉原駅までの道のりを歩いていた直は、不意に。

誰かの足音が自分を追いかけていることに気づいた。

「…………」

光瑠かもしれないと思った直は、一抹の期待を抱《いだ》いて振り返った。

だけど、背後にはそれらしい人影がなく、直は自嘲に唇を歪めた。

もう終わったんだ。

光瑠がまた現れても、直には彼を信じられない。どうせ何もかも、うぶな直をからかっていただけに決まっている。

自分にそう言い聞かせて歩きだした直は、足早に駅に向かい、来たばかりの京浜東北線に乗り込んだ。

ささやかな期待とともにさりげなく車内を見回したが、やはり、光瑠の姿はない。

どこかでこっそり彼が見守ってくれているなんていうそんな都合のいいことは、あるわけがないのだ。

田端で降りた光瑠は、都道を真っ直ぐに歩いていく。この大通りを通っていくあいだは明るく車も多いから、不安はない。

角を曲がって住宅地に入った直は、いつもと変わらない足取りで歩いていたものの、唐突に違和感に気づいた。

足音が……一つじゃ、ない。

自分の後ろを誰かがずっと歩いているのだ。

試しに歩調を緩めると、背後の人物もそれに合わせてくる。

——どうしよう……。

緊張しつつも、意を決した直はコンビニエンスストアに近づいていく。

それから、店に入るふりをしてコンビニの前で足を止め、振り返った。

「！」

鎌田だった。

悲鳴を上げなかっただけ、自分を褒めてやりたい。

コンビニの灯《あか》りに照らし出された彼は呆然《ぼうぜん》としており、まるで金魚のように口をぱくぱくさせている。

「あの、鎌田さん……？」

掠《かす》れた声で話しかけると、彼は「は、はい」と応じた。

「こんばんは」

もごもごと挨拶をする鎌田に悪意があるか、ないか、それもわからない。

対処しかねるシチュエーションだった。

「もしかしてこのあたりにお住まいですか？」

「いえ、その……そうじゃなくて……俺」

覚悟を決めたような面持ちでふっと鎌田が手を伸ばしたので直はびくっと身を竦《すく》めた。

殴られる……⁉

その手が直に触れる前に誰かの手が伸びた。

「あっ！」

「その子に触らないでくれる？」

きっぱりと言い切ったのは。

「光瑠さん……!?」

スーツ姿の光瑠は険しい顔つきでその場に立ち、鎌田の腕を摑《つか》んでいる。

怖い。

こんなに怖い顔をした光瑠を見るのは、初めてだった。

白っぽい膚《はだ》は蒼褪めているみたいで。

その力が思いがけず強いものだったらしく、鎌田が顔をしかめた。

「痛い、痛いです」

それでも光瑠は手を離さない。身を捩《よじ》ろうとする鎌田の額に、どっと汗が滲《にじ》んでいた。

コンビニから出てきた客たちが、この三人は何をしているのかと言いたげな視線を向けるが、光瑠はお構いなしだった。

「直くんのあとを追い回して、どういうつもりだ？　事と次第によっては、ただじゃおかない」

「あ、あの」

途端に鎌田は口籠もり、それから、強張った表情で視線を上げる。

「話をしたかったんです」

「え？」

「好きな本とか、そういうの」

訥々《とつとつ》としたしゃべり方で、悪意があるようには感じられない。

それに何を感じ取ったのか、光瑠がふっと手の力を緩めたようだ。

右手が自由になった鎌田は一歩退いて、顔を赤らめつつも続けた。

「直さんの勧める本、全部面白かったから。すみません、ずっと盗み聞き、してて」

まるで消え入りそうな弱い声。

似てる。

こういうところ、自分にそっくりだ。

本がなくては上手く相手と接することのできない、直に。

「じゃあ、お店で話しかけてくれたらよかったのに」

「い、忙しそうだし、一人で独占すると、悪いと思ったんです。早川さんが、しょっちゅう相手をしてくれたし……断るのも申し訳なくて」

「…………」

「ええと、初めて、なんです。自分と、同じ趣味の人に会うの」

インターネットがいくら発達しても、こうして会って言葉を交わすのには敵《かな》わない。

「でも、何で家まで……？」

「最初は話しかけたかったからだけど、その人と仲良くなったみたいだから一度は諦めて。

でも、今回はこれ。このあいだから店で渡そうと思ってたけど……あそこ、厳しいから渡せなくて」

確かにアンジェリカでは、スタッフへのプレゼントは禁止の方針が貫かれている。

彼がデイパックの中から出したのは、コンビニの白いビニール袋だった。

どうやら大きさからいって、本が入っているようだ。

直が慎重にそれを開くと、函《はこ》に入った二冊の本が出てくる。

こんなところで気軽に出すのが憚《はばか》られるような、貴重な書物――『血と麦』だ。

慌てて題字を見ると、赤と青、両方揃っている。

これ二冊で、確か二十万円以上……。

「どうしたんですか、これ」

少なくともこんなところで、コンビニの薄暗い外灯の下で眺めるようなものじゃなかった。

「俺の祖父が集めてた本。今度家を改築するので、処分することになったから」

そういえば、早川が再三再四、鎌田の祖父が稀覯本コレクターだったと話していたことを思い出した。

あのとき、店にちょうど鎌田がいたからこそ、ケースから『血と麦』を出していたことも。

「もし、あの本の代わり、探してるならこれを使ってください」

「だってものすごく貴重な本でしょう。受け取れません」

「もちろん、ただにはできないけど、どうせ、親父の意向で手放すことになってるんです。古本屋に売ればマージン抜かれるし、それなら買い取り価格で譲ってもいいかなって」

信じられない僥倖《ぎょうこう》だったけれども、受けるわけにはいかない。

鎌田が家族の許しを得て持ち出したのか確信はないし、早川が喜ぶかどうかはまた別の問題だった。

「その話は、今度店長のいるときにさせてもらえませんか。お気持ちは有り難いけど、僕の独断で即決できることじゃないです」

「……はい」

「でも、心配してくれてありがとうございました」

直が深々と頭を下げると、ようやく鎌田の表情が和らいだ。

悪い人じゃないはずだと、信じたい。

今までずっと、アンジェリカに来てくれていたのだ。

「またお店に、来てください。談話スペースならゆっくり話せますから」

「わかりました」

鎌田はほっと息をつき、自分の本を鞄にしまい込む。

「待って」

そこで初めて光瑠が口を開き、鎌田を見下ろした。先ほどまでの威圧的な様子はないものの、まだ表情は硬いままだ。

「鎌田さん。もし直くんと友達になりたいのなら、謝らないと」

え、と鎌田は口籠もった。

「直くんはこのところ、誰かにあとをつけられてるって怖がっていたんです。おとといだって、あなたが駅でずっとうろうろしてたでしょう」

そうだったのか……。

直がバイトの日でなかったので、彼は駅で待ち構えていたのかもしれない。

そんなところに遭遇したら事情はどうあれ恐ろしかっただろうと、直はぞっとした。

「あ、そうです。本のこと、切り出せなくて……その……ごめんなさい」

鎌田が素直に頭を下げたので、直は「いいんです」と慌てて首を振った。

「後をつけたりしないって約束してくれれば、僕はそれで」

「約束します。――今夜はすみませんでした」

鎌田が駅の方角に向けて歩いていく。彼のその後ろ姿を見ながら、直はほっと息を吐いた。

これでもう、平気なはずだ。

肩の荷を下ろした気分も束の間だった。

気が進まないが、光瑠に礼を言わなくてはいけない。

「あ、ありがとうございました」

「ごめん、よけいなことしちゃって」

それにしても、なぜ彼がここにいるのだろう？

「あの……光瑠さん、どうして、ここにいるんですか？」

「携帯、全然繋《つな》がらなかったから」

光瑠は憮然《ぶぜん》とした面持《おもも》ちになる。

もしかしたら、直が着信拒否にしていることに気づいたのだろうか。

「メールの返事もない」

「それは……」

「このあいだ君を送ったときに、駅のところで彼がうろうろしてるのに気づいた。店から秋葉原までついてくるとは聞いてたけど、地元までとは言ってなかったよね」

「はい」

だから光瑠は、あの晩、家まで送ると言って聞かなかったのか。

「偶然にしては妙だったから、彼のほうを見張ってたんだ。もしかしたら、ストーカーが悪化したのかもしれないと思って。このあいだ、君を送った帰りを見られてしまったし、暴発するんじゃないかと心配だったんだ」

「………」

「でも仕事もあったし、念のため知り合いの弁護士に相談したりしてたから、あの日はアンジェリカにも行けなかった」

確かに、今日も見るからに仕事の帰りという様子だった。

わからない。

「どうして、そこまでしてくれるんですか？」

「好きって何度言わせたら気が済むのかな？　君、もしかしてSだとか？」

「う」

そういう切り込みをされるとは想定外で、直はかあああっと頬を染める。

「まあ、もういいよ。理由はわからないけど、僕のことを着信拒否していたんだよね？　もう君には関わらない。アンジェリカにも、行かないよ」

「…………」

「今までありがとう。楽しかった」

それだけを口にした光瑠が踵《きびす》を返し、駅への道を歩きだす。

どうしよう。行ってしまう。

確かに、光瑠は自分を欺いていたかもしれない。だけど、何の得にもならないのにこうして守ってくれた。そばにいてくれた。

自分から手を伸ばさないと、欲しいと言わないと。

大切なものは永遠に手に入らないままだ。

光瑠の背中が徐々に遠くなっていく。

せっかく自分を好きだって言ってくれたのに。

このまま何もしないつもりか？

たった一度勇気を振り絞ってあの女子大に行っただけで、あとは自分からは動かずに、誰も理解してくれないって文句を言うばっかりで。それでは何も変わらないって、百も承知のくせに。

自分の一番許せない部分を変えなくては、誰かと通じ合う努力をしなくては、直はきっと一生、自分のことを好きになれないだろう。

……そんなの、嫌だ！

光瑠が教えてくれたんだ。

誰かに自分の気持ちを伝えるには、どうすればいいか。

なのに、直は一度も、自分から彼に好きだと言わなかったじゃないか！

「光瑠さん！」

精いっぱい声を張り上げたが、彼は振り返らない。

あの角を曲がれば、都道に出てしまう。そうしたら、もう追いつけない距離だ。

「光瑠さん！」

もう一度叫び、ついで直は全速力で走りだす。

こんなふうに全力疾走するのは、体育の授業以来だった。

数十メートル走ったところで、光瑠の背中にがしっと抱きつく。

「やだ！」

「……直、くん？」

戸惑ったように、光瑠の声が揺らぐ。

「話があるんです。僕……だから、聞いてください」

話し合いすらせず、真相も不明なままで終わるのは、嫌だ。

「――わかった」

光瑠が頷いた。

「じゃあ、うちに来てもらえませんか？」

「いいよ」

今夜こそ、聞かなくてはいけない。

どんな理由で、自分を騙したのか。

どこまでだったら彼を許せるかの線引きは、もう決めてある。

光瑠がどこの誰であっても、構わないのだ。彼が直の気持ちに釣り合うだけの誠意を見せてくれれば。

「スリッパ、なくてすみません。うち、誰も来なくて」

「それに……あの、もうわかってると思うけど、ベッドしか座るところないんです」

「構わないよ」

「いいよ、話をしたいだけだから」

光瑠は冷ややかで、怖いくらいだった。

「座ってください」

「うん」

張り詰めた気持ちのままで直はドアを開けて、彼にベッドに座ってもらう。

このベッドで光瑠に触られたのだと思うと、恥ずかしくてたまらない。

直は折りたたみ式のテーブルを広げると、そこにマグカップを二つ置いた。

「今、お茶淹れます」

夜なのだから、カフェインを含まないハーブティーにしよう。

「今日は、いろいろありがとうございました」

お茶の支度をしてから、直は改めて頭を下げた。

「どういたしまして」

彼の隣にちょこんと腰を下ろし、俯いたままの直に光瑠は向う。

「それで、話って？」

「僕、光瑠さんのことが好きです」

唐突すぎる直の言葉に光瑠は目を見開き、彼の表情がようやくやわらかくなった。

「ありがとう、嬉しいよ」

「光瑠さんがどんな人でもいいし、すごく、好きです」

一拍置かれたので、直は自分が間違ったことを告げてしまったかと不安になる。

しかし、光瑠は優しく微笑《ほほえ》んだ。

「君がそう言ってくれるのを、待ってたんだ」

「待ってた？　どうして？」

「君に好きって言わせたかった」

「え？」

弾《はじ》かれたように顔を上げると、ごく間近で光瑠が自分を見つめていた。

「僕は誰かを好きになると、前のめりになっちゃうんだ。だけど、君はとても引っ込み思案で臆病そうで、なりふり構わず押していくと怖がらせてしまうかもしれないって思って一度は退《ひ》いたんだ」

それはきっと、上野での告白を指しているのだろう。あれをきっかけに、直はかなり混乱した。

光瑠は真剣な面持ちで続ける。

「なのに、このあいだは自制できなくて……。あのとき、君のおかげで急に冷静になったんだ。それに、相手が僕じゃなくても、もし、さっきの彼が君を好きだって言って押し倒したら、君が流されるんじゃないかって、不安になった。だから、君が自覚を持つまで待つことにしたんだ」

こんなふうに真情を語られると、直の心にも愛《いと》しさが込み上げてくる。

もう、自分の心の中の感情を押し留《とど》められなくなりそうだ。

「そう簡単に流されたりしません。最初から好きだったんです」

初めて言葉を交わしたときから、ずっと光瑠は印象に残っていた。

「それは何となくわかってたんだけど……でも、こういうことははっきりさせたい。それに、やっぱり好きだって、相手から言って欲しいだろう？　僕も君に告白したし、君からもしてもらった。これでおあいこだ」

大人なのに可愛いところもあるんだ……。

そう思うと、指まで熱くなってくる。

職場のことや鍵のことなど、彼らについては本当のことを、知りたい。

だけどそれ以上に胸がいっぱいで、苦しくて、この気持ちを吐露してしまいたい。

「好きです」

好きです、好きです……口べたな自分にしては信じられないくらいに、その言葉がするっと溢れ出した。

手を伸ばした直は、思いきって光瑠の膝に掌《てのひら》を載せた。

熱い。

彼の膝に載せた自分の手が、燃えそうだ。

こんな手で触れたら、蜂蜜みたいな光瑠のことさえ溶かしてしまうんじゃないだろうか？

「あ、あの」

声が喉《のど》に詰まったみたいで、無様なものしか出てこない。

聞きたいことはたくさんあるのに、好きという気持ちだけが押し寄せてくる。

ただ、欲しい。

この人にもっと触れてほしい。

いつもみたいに、肩や髪にさらりと触れるだけじゃなくて。

今を逃《のが》したら、この熱は消えてしまうのではないか。

「なに？」

光瑠が澄んだ目でこちらを見つめてくる。

「――このあいだの続きをしてもらえませんか？」

すごいことをねだってしまうという事実に、喉がからからだった。

「初めてだよね。怖くないの？」

「好きな人が一緒にいて、我慢するのがつらいって言ったのは光瑠さんです」

「そうだったね。……嬉しいよ、直くん」

手を伸ばした光瑠が、直の首の後ろをぐいと引き寄せ、唇を啄《ついば》む。

間髪を容れずに舌が潜り込んできて、その甘さに驚いてしまう。

錯覚ではなく、蜂蜜の味がする。

そうか、ハーブティーに入れた蜂蜜だ。

甘い……。

口を開いて上を向かされると、首が痛くなりそうだ。けれども、光瑠が片手で顎《あご》を、もう一方の手で額のあたりを支えて、身動き取れない。

舌がぬるぬると自分の口腔を這い回っていると自覚した途端、全身が熱くなってきた。

「ん、んっ」

「直くん、可愛い」

唇を離した光瑠が、嬉しそうに囁く。

「口、拭いてもいいですか？」

「ん？　うん」

直は口許をごしごしと手で拭《ぬぐ》ってから、一番に聞きたかったことを問うた。

「あ、あの、こういうとき……お風呂は……」

「入らないほうがよくない？」

「だめです！　綺麗なほうがいいし」

「僕としては君の匂いがついてるほうが嬉しいけど……確かに、初心者には手加減しないとね」

ちゅっと音を立てて額にキスをされて、直はあわあわと首を縦に振る。

「一緒に浴びようか？」

「無理ですよ。バストイレ別だけど、すごく狭いし……」

それに、光瑠の裸を正視する自信がない。

無言のまま赤くなる直に、光瑠は笑いかけた。


ばくばくと心臓が震えている。

指まで熱い。耳の奥ではわんわんと耳鳴りがして、直はかなりの極限状況にあった。

光瑠がシャワーを浴びてくるのを待っているあいだ、直はベッドに腰を下ろしてかちかちになっていた。まさかこんなシチュエーションを体験する日が来るなんて。

バスタオル、二枚あってよかった。

一人暮しだから最低限の備えしかなくて、バスタオルは二枚、タオルは四枚だ。

今夜は全部使ってしまいかねないと思うとますますいたたまれなくなり、直は自分のベッドに顔を埋《うず》めてのたうち回った。

「お待たせ」

シャワーを浴びた光瑠は、上半身裸でバスルームから出てきた。

「わわっ」

慌てて目を両手で覆ってしまってから、せっかくの光瑠の裸を見るチャンスをなくしてしまうのかと、直ははっとする。だけど、見てしまったらよけいに今から行うことについて想像しちゃって、後に退けなくなりそうだし……と、直はフリーズする。

「どうしたの？」

「あ、う、その……」

直はしっかりパジャマを着込んでいたが、既に全身が汗ばんでしまっている。

「裸、見たことないからびっくりした？」

「う、はい」

「可愛いな、ほんとに。君が僕を好きになってくれてよかった」

とろんと甘い、言葉。

直の脚と脚のあいだに膝を突いた光瑠が覆い被《かぶ》さってきたので、思わず直は上体を反らせる。

光瑠の顔が、息がかかりそうなくらいに近い。その目に映った自分自身さえ見えてしまいそうだ。

「僕のこと、好き、ですか？」

「うん、好きだよ」

何度も聞かされた言葉なのに、改めて鼓膜に注がれると、体温が一気に上がるみたいだ。

「君は？」

「好きです」

「そうみたいだね。こんなにして、待っててくれたんだ」

「ひゃっ」

いきなりパジャマの上からそこに触れられて、直は悲鳴を上げた。

隠しているつもりだったけど、年上の男性は鋭かった。

「この前に気持ちよくしてあげたから、覚えちゃっただけじゃないよね？」

「み、光瑠さんとするんだって思ったら、こんなになって……」

直は頬を染める。

無様だ。こんなの、初めてだった。

無論、性的な昂奮《こうふん》を覚えた男がどうなるかくらい、直だってわかっている。だけど、こっち方面には思い切り淡泊だったので、経験なんてないに等しかったのだ。

「嬉しいよ。でも、脱がせていい？　パジャマ、汚しちゃうし」

「う……」

「このあいだ、直くんのここならもう見ちゃったよ？」

優しい言葉で追い詰められて、直は仕方なく頷いた。

「ちゃんと言葉で言って。無理強《むりじ》いは嫌だって言ったよね」

「ぬ、脱がせてください」

壁に背中を突き、両腕で自分の顔を隠して直は震える声で頼み込んだ。耳まで熱くて、どろどろに蕩《とろ》けそうだ。

「お尻上げて」

光瑠が直のパジャマのズボンを摑んだので、おそるおそる腰を上げる。一気にズボンと下着を脱がされると、ふるふると震えるものが顔を見せた。

「可愛い」

「うう……」

可愛いというのは、大きさとかかたちとかそういうものだろうか。慣れないことをからかわれているのだとしたら、よりいっそう恥ずかしい。

「口でしていい？」

「ええっ!?」

衝撃的な発言に、頭が真っ白になりかける。

「だってちゃんと洗ってきてくれたでしょ？」

「そ、そ、そうですけど」

「こっち見て」

口の中で呻きながら上目遣いに光瑠を見上げると、彼も頬を赤くしている。

「僕も昂奮してるよ、ほら」

腕を摑んだ光瑠が、直の手を下肢に導く。

熱くて、硬い。

「う」

「ね？　好きな子を抱けるって思うと、すごく緊張してる」

確かに、光瑠の掌はひどく汗ばんでいた。

「どんな反応してもお互い様じゃない？」

「そう、かも……」

「だから、させてくれる？」

「う、うん」

こくりと頷いた直に、光瑠は「よかった」と花が開くような艶《つや》やかな笑顔を見せた。

「じゃあ、頼んでみて」

「へっ」

「僕の口でしてって。君の嫌がることは、一つもしたくない」

「……み、光瑠さんの、口で……して……」

「うん、させてね」

光瑠は顔を伏せると、直の性器を摑む。ちゅっと尖端にくちづけられて、躰がびくんと跳ねた。跳ね上げた拍子に膝で光瑠の肩を蹴りそうになり、直はうろたえた。

「大丈夫、怖くないから……じっとして」

性器に少し乾いた唇が被さる。そのままずるんと呑み込まれ、直はあまりのことに呻いた。

一番熱いのは、舌だ。

ぬるぬるとした舌が性器全体を擦《こす》るように上下に動く。

それだけなのに、躰中がぞわぞわするくらいに、気持ちいい。

「ふあ……」

「気持ち、いい？」

顔を上げた光瑠に上目遣いで問われ、直はがくがくと頷いた。

昂奮しきって、そこに血が集まるのがわかる。全身が、まるで燃えるように熱い。汗でべっとりと濡れて、どうすればいいのか困惑してしまう。

「よかった」

甘く笑んだ光瑠は、今度は信じられないことを始めた。口の中から直を引き抜くと、横に咥《くわ》えるようにして唇を滑らせたのだ。

「うあっ」

「だめ？　気持ちよくない？」

「そ、じゃなくて……」

視覚の刺激は、想像以上に強烈だった。自分の顔を両手で覆い、直は指の隙間から光瑠を見下ろす。彼の頭が自分の脚と脚のあいだに埋められており、その衝撃にくらくらした。

「これ、嫌だった？」

顔を上げた光瑠が直のそれを支えて、顔を上げて尖端にくちづけるものだから、もう我慢できない。

「あ、あ、だめっ……」

制止の声を上げながら直は達し、光瑠の顔に精液をかけてしまう。濃厚なそれがべったりと彼の端整な顔を汚し、直は脱力しながらベッドに崩れた。

光瑠は顔にかかった精液を、デスクの上にあったティッシュで拭い取る。それをごみ箱に捨てた光瑠は、改めて直にのしかかってきた。

「ごめん、びっくりさせちゃった？」

「すごく……」

パジャマの上だけを着た直は、真っ赤になって光瑠を見上げた。

「今日は序の口だよ。また今度、すごいことをするから」

「すごいこと⁉」

「うん」

そう言いながら、光瑠は直のパジャマのボタンを外していく。

「あ、あの、それくらい自分で……」

「させて。少しくらい、年上の醍醐味に浸らせてくれないかな。僕が君を可愛がってるって気持ちを盛り上げたいんだ」

「は、はい」

パジャマの下には何も着ていなかったので、直の胸が露《あらわ》になる。

「ここも、じっくり可愛がらせてね」

ちゅっと乳首にくちづけられて、直はびくんと躰を跳ね上げた。

特に気持ちがよかったわけでもないのに、また、性器が熱くなってくるのがわかる。

恥ずかしかった。

「ちっちゃい乳首で、可愛いね」

「やっ！」

可愛いなんて……しかも顔を褒められているわけではなく、場所は胸だ。

リアクションに困ってしまい、直は真っ赤になった。

「胸もしてくださいって、言える？」

「え」

「胸、気持ちよくない？　いいならもっとしてあげたいんだ」

「む、胸……」

さすがに皆まで言葉にできず、そこで直は躊躇った。それを見て、光瑠がくっと指先で右の突起を押し潰す。

「ひゃっ！」

「反応は悪くないみたいだよ？　ほら、そっちからまた溢れてきた」

「う、う……はずかしい……」

「恥ずかしがらないで。僕だってこんな獣みたいで、充分恥ずかしいところを見せてるんだから」

そんなわけない。光瑠はいつだって綺麗だ。

そう思うけれど、見上げた彼は確かに汗ばんでいて、頬も火照っている。目も潤んでいるみたいに濡れていて、すごく……艶《なま》めかしい。

そう思うと、脚の付け根のあたりがじわじわと疼《うず》いてくる。

「だめかな」

「胸も、光瑠さんがしてください……ここ、感じるから……」

自分のどこが感じるのかを言うのは、恥ずかしい。どこをどうしてほしいのか、お願いすることも。だが、彼の頼みなのだからできるだけ聞きたかった。

「恥ずかしくていいんだよ。でも、こうすれば引っ込み思案な君も、今だけは言いたいことを言えるはずだよ」

「そう、かも……」

「それに、人って恥ずかしいことを言えば言っただけ、気持ちがよくなるんだ。不思議だろう？」

言いながら、光瑠が指先で胸の尖端《せんたん》を押し潰してくる。

「ん、んっ……光瑠、さん……乳首、つぶさないで……」

「じゃあ、転がしていい？」

「転がす……？」

「こうやって」

光瑠のピンク色の舌が、自分のそれを転がす。その感覚で、よけいに乳首が疼《うず》くみたいだ。

「う、ん……転がすのは、いい……です……」

「よかった」

光瑠が再度そこに顔を埋める。

このまま乳首をこそげ取られてしまうのではないかと不安になるくらい、執拗な動きだった。

「あっ！」

不意に右の乳首が真っ赤になっているのに気づいて、直は声を上げた。

「どうしたの？」

「あ、あの、右だけ……赤くて、その……」

「変じゃないよ。今度は左を弄って、同じくらいに赤くしてあげるから。ね？」

「はい……」

横たわったままで、汗ばかりがどんどん溢れてくる。

光瑠の舌で乳首をしつこく虐《いじ》めて両方赤くしてもらったあとは、肋骨の番だった。

浮いたあばらを手でなぞられて、くすぐったいと身を捩る。それからおへその周りにもキスをされて。

光瑠が触っていないのに、またそこは勃《た》ち上がってはしたない雫《しずく》を零しており、我ながら羞恥心でいっぱいになってしまう。

「直くんの脚、綺麗だね。すんなりしていて」

「…ずっと、本ばっか……読んでて……」

「だけど、綺麗に筋肉ついてる。ほら、ここととか」

すうっとふくらはぎに触れられて、直はびくっとする。

狭いベッドの中でこんなにあちこち触られてしまって、彼を蹴らないのが奇跡に近かった。

「やだ、そこ……」

腿の付け根に彼が触れ、直はびくっと躰を震わせた。

「あれ、ここでも感じるの？」

「う、うん、くすぐったい、みたいで……変……」

初心者なのに、光瑠はこれで本当に手加減してくれているんだろうか？

いいかげん、頭が沸騰しそうなくらいなのに。

「……み、光瑠さ、これで……いいの？」

「ん？」

今度は直の腿のあたりにくちづけていた光瑠が、顔を上げる。

「僕は、すごく……いいけど……光瑠さん、は？」

「君が感じてくれて、可愛い声を上げているのはすごく嬉しいよ。僕も幸せで、昂奮する」

「ホント？」

「うん、このあとのご馳走を食べられると思うとね」

光瑠は直の気持ちを和らげるためか冗談めかして言い、直の躰から身を離した。

「あ、の」

「少し準備するから、後ろ向いてくれる？」

「はい……」

直が腹這いになると、光瑠がゆったりと尻の狭間《はざま》を指で撫でてきた。

「ひゃあっ」

なんてところを触るんだろう……！

そんなところ、病院でだって触られたことがないのに。

男同士でどうするか、ちゃんと調べておけばよかった。信じがたいことの連続に、脳が茹《ゆ》だってしまいそうだ。

「ここ、弄ったことある？」

「ま、まさかっ」

声が上擦《うわず》る。

「そうだよね。ずいぶん狭そうだ。無理をしたら、きっと酷《ひど》いことになる」

呟いた光瑠は、そこをゆったりと撫でた。

「ハンドクリームか何か、ある？」

「あ、洗面台のところに」

「借りていい？」

「はい」

腹這いになったまま頷くと、光瑠がすぐに洗面所からハンドクリームを取ってきてくれる。

彼はそのチューブを手にしぼり出すと、直のそこを撫でた。

ぬるんとした、妙な感触だった。

「ゆっくり解《ほぐ》していくから、怖がらないでね」

「はい……」

「力を抜いて。酷いこと、しないから」

囁いた光瑠が身を伏せて、直の額から零れた汗を舐《な》める。

「うーっ」

痛い。凄《すさ》まじい異物感に震えたが、光瑠はお構いなしに入り込んでくる。

「だめかな……」

光瑠は呟いて、それから「ちょっとごめん」と立ち上がった。

水道で手を洗う音がしてくる。

もしかして諦めてしまうのだろうかと、直は不安を覚えた。

「直くん。自分でお尻、拡げてくれる？」

戻ってきた光瑠の言い分に従って、直は自分の尻を両手でぎゅっと左右に拡げる。少しでも戸惑えば、ここで終わってしまいそうで怖かったからだ。

「そう、いい子だね。はい、口開けて」

あーん、と言われて反射的に口を開けると、指が入り込んできた。

甘い……。

「嚙まないで舐めててね？」

依頼の言葉に、目線だけで同意を示す。

同時にずるりと尻に何かが入ってきたけれど、光瑠の指の甘さがすべてを忘れさせてくれる。

「ンー……」

そうか、これ、蜂蜜だ。

きっと、ハーブティー用の蜂蜜が残っていたのだろう。

甘い。指、甘い……。

いつの間にか夢中になって舐めていると、光瑠が「可愛い」と言って髪やこめかみにキスしてくれた。

「息吐いて。そう、大きく吸って。吐いて」

「う、ん……んんーっ……」

呼吸のタイミングに合わせながら、ゆっくりとそこを広げるように回されているうちに、頭がぼうっとしてくる。

はじめは痛くて気持ち悪かったのに、それだけではないような。

じわじわとした熱のようなものを感じ、直は驚いていた。

何だろう、これ……。

「うん、わかる?」

「んんっ……?」

光瑠が何度も蜂蜜を足してくれたので、舐めるのに夢中でそんなに痛くはなかった。

「気持ちいいんじゃないかな。僕に触られて、すごく、感じてくれてる」

「ふ…う、う……」

そうなのかもしれない。

誰かに指を挿《い》れられるなんて苦しいだけのはずなのに、気持ちがいい……。

「んぅう……」

「広がってきたよ」

「ゆび、痛くない……?」

「ん? ああ、きついのはあとできっとすごく気持ちいいから、今は平気だよ」

時間にすると、かなりねちっこくそこを解されていたと思う。もう呻くのにも疲れてぐったりしていると、光瑠がやっと指を抜いた。

まだ、拡がってるみたいだ。

全身が汗みずくで気持ち悪くて、直は半ば無意識でパジャマを脱いだ。

光瑠が服を脱ぐ衣ずれの音が、聞こえてくる。

「じゃあ、挿れるね？　後ろからだと、楽だから」

「う、うん」

ちゃんと、セックスするんだ。

そう思うと、なんだか躰の芯がぼやけるみたいに痺れてくる。

ぐっと尻を摑まれて入り口を広げられる。熱いものを押し当てられて、気持ちよさに変な声が出そうになった。

「ふあ……」

こんなことで、感じるなんて知らなかった。

「これだけで、気持ちいいの？」

「う、うん……気持ちいい……」

恥ずかしいことを口にすると、下腹部だけではなくて、頭の奥もじわっと痺れた。

「そう。喜んでくれてるんだね、直くん」

覆い被さる光瑠の躰も、熱い。汗だくになっているのは、触れたところがぬめっているのですぐにわかった。

「喜ぶ……？」

「うん、感じやすいのもあると思うけど、僕とできるのが嬉しいって思ってくれてる？」

質問されて、直は頷いた。当然だ。光瑠とひとつになれるのかと思うと、嬉しくて胸が痛くなる。

「嬉しい……すごく」

好きな人に抱き締められて、こうして躰を繋げられる。一つになる。

それが嬉しくないなんて、嘘だ。

「光瑠さん、好き……」

「ッ」

背後の光瑠が呻いた。

「だめだよ、直くん。それ、反則」

「えっ？」

「挿《い》れる前にそんなこと言われたら、がっついちゃう」

「で、でも……あ、あっ……うーっ」

入ってくる。

光瑠が、中に。

指なんかと比較にならないくらい大きいものが入るのに、気持ちいい。すごく。

「きもちい……」

「ほんと？」

「うん、いい……おっきいの、いい……」

「こら」

体内で光瑠が膨らんだ気がした。

「煽《あお》っちゃだめだよ」

光瑠の声が、吐息のように甘いものに変わっていた。

「だ、だって…気持ち…いい、っ」

「ン」

囁いた光瑠が腰をじわじわと進め、最後に「入ったよ」とほっとしたように呟いた。

「我慢してくれて、ありがとう」

掠れた彼の声から昂奮を読み取り、尾骨から首筋にかけてをきゅんと熱いものが走る。

こんなの、変だ。自分の躰じゃないみたいだ。

光瑠が何をしても、感じてしまう。

「ち、ちがう……」

「え?」

「がまん、じゃない……ぼくも、したくて……」

嬉しくて、声が切れ切れになってしまう。

「ごめん」

光瑠が直の腰を摑み、いきなり動きだした。

お尻の中を擦られて、直は「ひゃっ」と悲鳴を上げる。

どうしよう。変な感じだ。すごく、いい……。

「み、みつる、さん、あ、待って、…」

「だめ」

待てないよ、と光瑠が背後で言う。

躰の中で、光瑠が暴れ回ってるみたいだ。

怖い、怖いのに……よくてよくてたまらない。

熱くて、躰中がどこからともなく蕩けていく。とろとろになる。

「すき」

感極まった直が呟くと、お腹の中で光瑠がより硬度を増した。

「僕もだよ。直くん、自分で弄って」

うれしい……。

「ん、んっ……んあっ」

右手を折った直は枕に顔を埋め、言われたとおりに左手で懸命に自分自身を慰める。膨らんだそこからはとろとろと蜜が溢《そ》れていた。

とはいえすぐに気持ちが削がれて手を動かすのを忘れてしまったが、己の手を重ねた光瑠が巧みに導いてくれた。

蕩けちゃいそうだ。

固かった蜂蜜が、とろとろになって。

「ごめん、出すよ」

「だして……」

無意識のうちにそうねだった直の中で、熱いものが弾ける。

光瑠さんのだ。すごく、気持ちいい……。

「今度は君の番だ」

後ろから光瑠に言われて、直もまた高みに引き上げられるのを感じた。

「ああ…っ…！」

光瑠に背中を抱き込まれて、直は体液を放った。


「ねえ、直くん。今夜は泊めてくれる？」

繋がっていた部分は離れてしまったけれど、二本のスプーンみたいに躰を重ねたままでいると、まだ汗みずくのままの光瑠がそっと囁く。

「え？」

「終電、これで完璧に逃しちゃったから」

嘘、と呟いて起き上がろうとしたものの、上手くいかなかった。

確かにあの時間からお茶を飲んでエッチまでしてしまったら、終電を逃すのは必然だ。

「す、すみません……ベッドも狭いし、明日仕事ですよね」

風邪を引いたときみたいに、喉の調子がおかしかった。

「いいんだ」

光瑠は直を抱き込んだまま、至極満足げに笑った。運動したあとのせいか彼の髪は汗で濡れて、いつもとすごく印象が違う。潤んだような目は色っぽくて、どきどきしてしまう。

「好きっていっぱい言ってくれて、ありがとう。嬉しかった」

「今まで、言えなかったから……」

直の呟きに、光瑠は「うん」と笑う。

「けど、僕、……セフレでもいいです」

「セフレ？」

怪訝《けげん》そうな顔で、光瑠が問い返す。

自分には似合わない言葉だとわかっていたが、ほかにちょうどいい表現が思い浮かばない。

「だって、恋人くらいいるんでしょう？」

「は？」

光瑠は眉《まゆ》を顰《ひそ》めた。

「どうしてそんなことを言うの？　昨日の話、忘れちゃった？」

光瑠が傷ついたような顔をするので、直もまた悲しくなる。しかし、光瑠には秘密が多すぎるのだ。

「でも、世の中には何人も好きになれる人がいるって言うじゃないですか。光源氏だって妻はたくさんいるし……」

「光源氏にたとえてくれるのは嬉しいけど、今の日本では一夫多妻は無理だよ」

「けど」

これ以上蒸し返すと光瑠の気分を害してしまうとわかっていたけれど、今のうちに聞いておかないと。

「何か引っかかることがあるから、電話に出てくれなかったんだ？」

「……すみません」

「直くん、怒らないから本当のことを言ってくれる？　僕は君だけだ。恋人なんていないよ。何でそんな誤解するの？」

間近で見つめられて、とうとう直は観念した。

話すのは苦手だったが、言わなければ何も始まらない。

「──鍵。本数多かったし、それにキーホルダーが……」

正直にHとMのアクセサリーの話をすると、光瑠は複雑な顔になる。

おまけに、大学に行ったことも白状してしまう。

「あ……そうだったのか。ごめんごめん、ちゃんと説明しておけばよかったね」

光瑠はばつが悪そうな顔になった。

「鍵の本数が多かったのは、まずは研究室のぶん。講師だけど共同研究室があるから。あとは資料室の鍵だよ」

「あ」

そういうことか、と直は頷く。

「じゃあ、キーホルダーは？」

一度光瑠は淋しげな顔になり、それから瞬《まばた》きをして言った。

「――Hっていうのは、八谷《はちや》のHだよ」

「八谷って？　もしかして、前に言ってた……ストーカーされた大事な人？」

「え？　ああ、彼女なら元気だよ。結婚して今度四人目の子供を産む」

「亡くなったんじゃないんですか!?」

動揺して声を上擦らせると、光瑠の目が悪戯《いたずら》っぽく光る。

「そんなこと言ったっけ？」

「守りきれなかったって」

「ああ、彼女、空手の有段者だから自分で撃退しちゃったんだよね。幼馴染みなのに、彼女より弱くて何もできなかったことが情けなくて。それで僕もひととおり護身術は習ったんだよ」

光瑠が朗らかに言ったので、直は脱力しそうになった。

だけど得てして、誤解なんてこういうものか。

恋をしていれば、いろいろなことがやけに重く思えたっておかしくないのだ。

「ごめん、話が逸れちゃったね。八谷って言うのは、僕の今の苗字」

ベッドから身を乗り出して自分の鞄を探った光瑠は、「はい」と言って身分証を見せてくれる。カードには光瑠の顔写真が印刷され、名前のところにも『八谷光瑠』と記されていた。

今の、ということは婿養子になったとか？

「悪いけど結婚もしてないよ。僕はゲイだから、日本じゃ結婚はできない」

直の顔色を読み取ったらしく、光瑠はどこか楽しそうに教えてくれる。

「あの……じゃあ、瀬南っていうのは？」

「それは前の苗字。僕は両親の離婚で瀬南から八谷になったんだ」

「…………」

今時、よくある話だった。

「それが原因で、同級生にからかわれるようになった」

「名前が変わったから？」

たかだか、それだけで？

　とはいえ、幼い子供は時に残酷だ。大人には思いも寄らないところから原因を見つけて、酷《ひど》いことをしたりするのだ。

「うん。八谷光瑠って……略して蜂蜜だって。あだ名もハニーになっちゃって、すごく恥ずかしかった。こんな物腰だから、男女って言われたり」

「ハニー」

　目を丸くしたのは、それがぴったりだと思ったからだ。しかし、光瑠は照れたように頬を赤らめた。

「離婚して息子を手に入れたのはいいけど、父がすぐに亡くなってね。生活費のあてがなくなった母は、僕を捨てたんだ。そのあとはいろいろあって……」

　優雅な物腰からは想像もつかない過去に、直は息を呑んだ。

「ハニーって呼ばれると、僕は自分の惨めだった子供時代を思い出してしまう。捨てられた子供だったことを、どうしても切り離せなくなる。だから、八谷って名前を名乗るのは嫌だった。だけど、かといってそれを捨てたら、過去に負ける気がして捨て切れない」

「そうだったんですか……」

　直はぽつんと呟いた。

「それで、差し支えないところでは、瀬南って名乗ってしまうんだ。ごめんね、僕のつまらないコンプレックスのせいで君を混乱させた」

「いえ、これで謎が解けました」

大学は戸籍上の名前でなくてはいけないだろうから、八谷で登録されているに違いない。

一見すると完璧そうな光瑠にも悩みはあるのだと、隠さずに教えてもらえたことが嬉しかった。

いつか、もっと光瑠のことを教えてほしい。すぐでなくてもいいから、少しずつ。

「君には救われたんだよ。直くんは、蜂蜜が好きだって最初に言ってくれただろう？」

「はい」

「あのとき、君に恋に落ちたんだ」

「あんなことで？」

ほら、また蜂蜜にまみれた甘い言葉が落ちてくる。

それに蜂蜜を話題にしたのは、ほんの偶然だ。何気ない一言から、二人の恋は始まっていたのだ。

「誰かの無条件の好意がこんなに嬉しいものだなんて、知らなかった」

光瑠は微笑んで、直の髪をそっと摘《つま》む。

「だから決めたんだ。君と恋人になろうって」

「ぼ、僕と？」

そんなことを彼が企んでいたなんて、全然知らなかった。

「うん。話せば話すほど君を大好きになったからね。男同士だからハードルが高いと思ったけど、君、名前のとおりに素直だろう？　窒息させるくらいに甘やかして……それこそ蜂蜜漬けにしたら、僕のことを好きになってくれるかもしれないって思ったんだよ」

「それ、正解です」

「ほんとに？」

「あ、でも違うかな。僕は最初から光瑠さんのこと、好きでした。さっきも言ったけど」

そんな作戦なんてなくても、光瑠のことを好きになった。

離れてしまいたくないくらい。

「もう、窒息しそうです。光瑠さんのこと好きって気持ちが、この辺までいっぱいだから」

直が寝転んだまま喉を指さすと、光瑠が「どっちにしても大成功だ」と笑って目を細める。

「君が思うよりも、実際の僕はずるい大人だけど……恋人になってくれる？」

「もちろんです」

直の返答を聞いた光瑠のどこかミステリアスな蜂蜜色の瞳が、ふわりとやわらかく和む。

もしかしたら、光瑠にはまだいろいろ秘密があるのかもしれない。でも、一つ一つ教えてもらえばいい。

こんなに甘くとろとろにされるなんて、幸せすぎてどうにかなりそうだ。

けれども、今はまずキスをしたい。

「キスして、いいですか？」

「もちろん」

光瑠の唇がどれだけ甘いか、確かめたかった。

あとがき

こんにちは、和泉です。

このたびは『蜂蜜彼氏』を手に取ってくださって、ありがとうございます。

本作は久しぶりに初心に返って、王子様系美人攻と大学生の甘いお話です。大きな事件はまるで起きず、二人の恋愛だけに焦点を絞って書かせていただきました。甘々な攻は大好きなので、光瑠を書くのは特に楽しかったです。

作中に出てくる古書については私もあまり詳しくないのですが、資料として昔の雑誌や時刻表を買うのは大好きです。保管が悩みの種です。作中に古書の価格が出てきますが時期によっていろいろ変動がありますので、そのあたりはご了承ください。

また、図書館風のカフェは取材と称してあちこちに行ってみました。自分では想像もつかないタイプのカフェもあったりして、楽しかったです。不慣れなのにつき合ってくれたお友達には感謝です。

さて近況ですが、今年は夏休み、珍しく旅行に出かけました。

種子島、屋久島、鹿児島、熊本と九州でも南方を中心に回ったのですが、とても楽しくて充実していました。特に屋久島ではトレッキングに挑戦してしまい、三日以上筋肉痛に苦しめられました。でも、晴天にも恵まれて楽しい旅行でした。原稿を持っていったのであちこちで机の確保に悩まされましたが、とても楽しかったです！

最後にお世話になった方々にお礼を。

挿絵の街子マドカ様。一度挿絵を描いていただけたら嬉しいなあ、と思っていたので、夢が叶って幸せです。大変ご迷惑をおかけしてしまいましたが、想像以上にきらきら王子様の光瑠とかわいこちゃんの直には萌え上がりました。どうもありがとうございました！

担当のO様。毎度のことながら、いろいろご迷惑おかけしました。本当に申し訳ありません。修羅場の息抜きに萌え話につき合っていただくのも楽しいです。

この本の制作に携わってくださった関係者の方々にも、お礼申し上げます。

最後に、ここまで読んでくださった読者の皆様に、最大限の感謝の気持ちを捧げます。

それでは、次の作品でお目にかかれますように。

和泉　桂

【主要参考文献】※順不同
「せどり男爵数奇譚」　梶山季之・著（ちくま文庫）
「作家の値段」　出久根達郎・著（講談社文庫）

蜂蜜後遺症

蜂蜜は、ただ食事のときに使うだけではない。

叶沢直《かなざわすなお》がそれを知ったのは、恋人の瀬南光瑠《せなみつる》と出会ってからだ。

恋人という響きはくすぐったいのだが、二人はつき合うようになって十日目。今日は直のバイトは休みで、図書館デートの帰りだった。

こうして平日からデートできるのは、光瑠が女子大の講師をしているからだ。講師なのは光瑠の本業が主として翻訳家だからで、そののんびりとした暮らしぶりには納得した。

そんなことを考えつつ、直は傍らを歩く光瑠を見上げる。

「光瑠さん。あとでスーパーに寄ってもいいですか？」

「いいけど、どうして？」

「ホットケーキ用の蜂蜜が足りなくて」

「そうなんだ。じゃあ、せっかくだから専門店に行かない？」

光瑠がにこっと笑うと、そのやわらかな茶色の目が甘く和む。

「うん。ちょうどこの近くで、先週見つけたんだよ」

蜂蜜が好きというわりには、じつは直にはあまり蜂蜜に対するこだわりがない。旅行のおみやげでもらったり、スーパーマーケットで買ったりするくらいで、蜂蜜専門店は初めてだ。

路地裏の目立たないところにある小さな専門店に連れていかれた直は、ドアを開け、白く塗られた棚に並んだ蜂蜜瓶を見て目を丸くした。

「わあ……」

驚きながら、直は棚に駆け寄る。

レンゲやアカシアはわかるが、コーヒー、クローバー、ラベンダー、ローズマリー……。様々な花から作られた蜂蜜が並んでいた。

蜂蜜が大好きな身の上だけに、これではまってしまいそうだ。

もともと蜂蜜が好きなうえに、恋人の言動はとても甘くて蜂蜜っぽい。その相乗効果でますます蜂蜜好きになったといういきさつがあるからだ。

「直くんの家で使ってるのは、色からいってレンゲかな？」

「はい」

レンゲの蜂蜜は淡い金色に近く、大してコーヒーの蜂蜜はイメージどおりに褐色に近い。同じ蜂蜜でも色合いがまるで違っているのだ。

「綺麗な色だよね。君が美味《おい》しそうに舐めてるのが、すごく可愛かった」

「…………」

その言葉をきっかけに思い出したのは、初めて光瑠としてしまった夜のことだ。

光瑠の指についた蜂蜜を舐めたのは序の口で、それどころか……。

光瑠には他意はないのだろうが、彼の台詞《せりふ》に直はあのめくるめく一夜のことを思い出してしまい、耳まで熱くなるのを感じた。躰が火照ってきて、自分でも狼狽してしまうほどだ。

初めての体験にしては濃厚すぎる思い出だったから、その後遺症だろうか。

どうしよう。これから先、蜂蜜を見るたびに思い出すことになったら……。

「あれ、直くん、顔が真っ赤だよ」

不思議そうに問われて、直はまるで油ぎれのロボットのように不自然に首を振った。

「いえ、その、何でもなくて……レンゲはやめておきます」

「嫌いだったの？」

「好きだけど、だって、あの……思い出しちゃうから」

頬を赤らめながら直が焦点をぼかして訴えると、光瑠は首を傾げる。

「思い出すって、何を？」

「わからないなら、いいです」

「——ふうん」

光瑠は一拍置いてから悪戯《いたずら》っぽく笑って、直の頭をそっと撫でる。

「じゃあ、今夜はコーヒー味にしようか？」

「！」

わかっているんじゃないか……！

今度こそ言葉を失って口をぱくぱくさせている直の耳を微かに唇で掠《かす》め、「記念すべき二度目のお泊まりだし」と囁いた光瑠は瓶をいくつか手にしてレジへ向かう。

いつもは優しくて穏やかな光瑠だけど、時々意地悪だったり恥ずかしいことを言わせたり、甘いだけじゃないところもあるように思えるのは気のせいだろうか。

……まあ、いいか。

そんなところも全部ひっくるめて、直は彼のことが好きだ。これから一緒にいられれば、もっと大好きになるに決まっている。

後遺症があるのは問題だけど、そのくらいはささやかなものだろう。

蜂蜜みたいな恋の甘さに、光瑠と二人でこのままずっと溺れていられれば、それが何よりも幸せだった。

✦初出　蜂蜜彼氏………………書き下ろし
　　　蜂蜜後遺症……………書き下ろし

和泉桂先生、街子マドカ先生へのお便り、本作品に関するご意見、ご感想などは
〒151-0051 東京都渋谷区千駄ヶ谷 4-9-7
幻冬舎コミックス　ルチル文庫「蜂蜜彼氏」係まで。

幻冬舎ルチル文庫

蜂蜜彼氏

2011年9月20日　　第1刷発行

✦著者　和泉　桂　いずみ かつら

✦発行人　伊藤嘉彦

✦発行元　株式会社 幻冬舎コミックス
〒151-0051 東京都渋谷区千駄ヶ谷 4-9-7
電話 03(5411)6432［編集］

✦発売元　株式会社 幻冬舎
〒151-0051 東京都渋谷区千駄ヶ谷 4-9-7
電話 03(5411)6222［営業］
振替 00120-8-767643

✦印刷・製本所　中央精版印刷株式会社

✦検印廃止

ISBN978-4-344-82324-2　C0193　Printed in Japan

和泉 桂
「水面に睡る月」
イラスト
あかつきようこ
560円（本体価格533円）
記憶喪失の凪は、助けてくれた鷹田暁邦の屋敷で暮らすことに。しかし凪はその屋敷に、昔から慣れ親しんできたような感覚を覚えていた。ある日、働かずにいることが苦しく、暁邦に「働きたい」と申し出た凪は反対された挙げ句、犯されてしまう。穏やかだった暁邦の変貌にショックを受ける凪。しかも「愛人」として夜伽するよう命ぜられ……!?